Esperadme en el cielo

Maruja Torres

Esperadme en el cielo

Maruja Torres

Premio Nadal 2009

Ediciones Destino
Colección Áncora y Delfín
Volumen 1144

Diagonal, 662-664. 08034 Barcelona
www.edestino.es

Primera edición: febrero de 2009

ISBN: 978-84-233-4131-3
Depósito legal: B. 4.124-2009
Impreso por: Impresia Ibérica
Impreso en España-*Printed in Spain*

Para Juanuel

Mi corazón espera
también, hacia la luz y hacia la vida,
otro milagro de la primavera

ANTONIO MACHADO,
«A un olmo seco»

¿De qué sirve un libro —pensó Alicia—,
si no trae estampas ni diálogos?

LEWIS CARROLL,
Alicia en el País de las Maravillas

Piensa cosas prodigiosas —explicó Peter Pan—
y ellas te levantarán en el aire.

JAMES M. BARRIE,
Peter Pan

I
El encuentro

—¿Estoy muerta?

Mis amigos mostraban un mudo pero expresivo regocijo, tan incomprensible para mí como sus trajes de gala. Si, como suponía, acababa de reunirme con ellos en el Más Allá, su júbilo resultaba, por decir poco, indecoroso.

—¿Muerta-muerta? —insistí.

Seguían sin hablar. Sonreían, se inclinaban, se quitaban y calaban el sombrero de copa, improvisaban reverencias, pantomimas propias de presentadores circenses que se disputaran el favor de un mismo público desde dos pistas contiguas. Sacudían el trasero para que los faldones de sus respectivos fracs aletearan coquetamente en ¿el aire? ¿Es aire lo que respiran los muertos? Se daban codazos y tarareaban una frívola melodía.

—¡Manolo! —grité—. ¿También tú, que eras tan sobrio?

De los tres, fue el más comedido y parco en expresiones. Tres escritores del Barrio, crecidos cada cual a su modo y con su talento —el de ellos, inmenso—, por fin reunidos, y no precisamente en una nueva colección de nuestra casa editora compartida. Difuntos, extintos, fallecidos los tres. Primero, Terenci, luego Manolo. Ahora parecía haberme tocado a mí. Los tres en nuestra sesentena, yo la más joven.

Seguían en silencio. Temí que el Más Allá les hubiera vuelto mudos, amén de sinsustancias o, algo peor, transustanciados en menos sustanciosos.

—Un poco de seriedad —supliqué, al borde de las lágrimas—. No guardáis duelo por mí, vuestra amiga del Barrio...

—Mira que eres burra.

El exabrupto me llegó directamente al cerebro, y no es una figura literaria. Recibí una concisa descarga telepática que se alojó en mi mente sin pasar por los conductos auditivos y que, al pronto, me desconcertó, más por el continente que por el contenido. Porque no sólo eran sincrónicos. ¡Eran estereofónicos! Manolo ponía los bajos y Terenci los agudos, además de la frase en su literalidad, que le pertenecía. Cuántas veces no me la había repetido, cariñosamente, cuando le confiaba mis aflicciones amorosas, teñidas de obcecación: nadie se mostraba más comprensivo que él, mi buen amigo, no menos grandilocuente que yo en sus operísticos romances.

No obstante, ser llamada burra nada más cruzar el Incierto Umbral es algo que no le apetece a nadie. Una se vuelve recelosa. Me preguntaba si, en el Otro Allá, el sinónimo de pollino, utilizado como adjetivo, adquiría características más definitivas. Y lo más grave: ¿también Manolo había deseado, en el desertado ayer, llamarme burra en más de una oportunidad, y había echado el freno a su lengua por mor de su apocamiento legendario?

Ah, ¿qué clase de fiambre era yo, que ni siquiera ahora podía desprenderme de la ponzoñosa inseguridad que siempre me había atormentado?

—Tienes razón —añadieron—. Somos telepáticos (menos cuando dormimos), estéreos y nos remoríamos de ganas de decirte a la cara lo insoportable, pedante y pomposa que te has vuelto.

—Esto no es una bienvenida, ¡es un ultraje! —bramé.

Di una patada en el suelo y, al ser éste inexistente, es decir, al no ser, me desequilibré y empecé a caer, con un alarido de pánico. Mis amigos, sin dejar de sonreír, se colocaron el sombrero de copa bajo el brazo y ejecutaron una parsimoniosa cabriola antes de sujetarme. Situada entre los dos, que no me soltaban, y sintiéndome algo afianzada, gruñí:

—¿Por qué soy tan bajita? Ya sé que la muerte encoge los humanos cuerpos, pero a vosotros, que lleváis más tiempo aquí, os veo altísimos, algo que nunca fuisteis.

—No te empeñes en hablar —me aleccionaron—. Leemos tus pensamientos. Tu calamitosa mente no guarda secretos para nosotros.

—Si no me organizo en forma de diálogo, me pierdo —protesté—. La costumbre de escribir, supongo.

—¿Lo ves? —se hablaron por encima de mi cabeza, dirigiéndose a sí mismos. Es decir, era una pregunta mutua, y también lo fue su respuesta—. Mantiene algunas de sus facultades terrenales, aunque otras, como aquel sentido del humor y aquella ironía que antes nos deleitaban, tendremos que resucitárselas. Lleva años amustiada e irritable. Apliquémonos a espabilarla, removerla y vapulearla, por su propia conveniencia y la de nuestros propósitos.

Antes de que pudiera interrogarles sobre este último punto iniciaron unos pasos de claqué, bastante apañados, que me distrajeron, hoy supongo que intencionadamente, y ambos me animaron a que les secundara. Lo intenté, pero la cola del vestido de fiesta se me enredó en los pies...

—¿Vestido de fiesta? —rugí de súbito—. ¿Qué pintas son éstas las que luzco? ¿Satén blanco, yo? ¿A mi edad y con este culo? ¿Queréis explicarme de qué me habéis disfrazado?

A no ser que... Un sugerente cuadro empezó a formarse en mi mente... Intenté borrarlo. Sabía que ellos se burlarían de mí. Traté de vaciarme. Como no podía, imaginé sobre la marcha algo que llamara su atención, distrayéndoles de mi meditación. ¿Podía colocarles un recuerdo compartido? ¿El desayuno de escritores en el hotel Regina con que se inicia cada año la Diada de Sant Jordi? No, hacía demasiado tiempo que ya no coincidíamos, ni allí ni en ninguna parte, ni ese día magnífico ni ningún otro... Si continuaba por ese camino, iba a llorar. ¿Y si me concentraba en el Nilo? Que yo supiera, el Nilo nos gustaba a los tres. Y es un río resultón tanto para la muerte como para la literatura.

Esfuerzo inútil. Ráfagas de una ceremonia de alto copete me franquearon de oreja a oreja, extrayéndome cualquier otra imagen. Vi a un príncipe muy alto y sonrosado que me entregaba una placa y un diploma con mi nombre, vi el interior de un teatro resplandeciente y repleto de espectadores vetustamente engalanados que me aplaudían puestos en pie, y admiré el avance por el pasillo de un coro de gaiteros que interpretaba un bello himno. Sí, claudiqué, sin importarme que mis amigos me leyeran el pensamiento, así es como me habría gustado morir, de haber tenido la maldita Parca la delicadeza de consultar mi opinión sobre el asunto.

—No te hagas ilusiones, amiga nuestra —segaron el hilo de mi apaciguador desvarío—. Te quedaste frita en plena firma de tu último libro. Participaste en un coloquio sobre literatura y mujer, fíjate qué novedad, en la carpa de la Feria del Libro de Madrid. Allí ya entraste en estado de somnolencia, camuflada tras tus gafas de sol. Colapsaste más tarde, en la caseta, cuya cubierta de uralita ardía bajo el sol de la tarde, delante de veinte o treinta personas que esperaban tu dedicatoria. ¡Cómo te aburrías en ese tramo de tu vida!

Bajé la cabeza. Les sobraba razón, aunque no quisiera admitirlo ni muerta.

—¿En qué te has convertido, *mujera*? —la deformación del sustantivo, tan propia de Terenci, y pronunciada al unísono por Manolo, me anudó la garganta—. Tú, la niña del Raval, la charnega fiel, ¿habrías preferido que el patatús te sorprendiera mientras pronunciabas el discurso de aceptación del Premio Príncipe de Asturias de las Letras, en retransmisión directa por el canal internacional de Televisión Española, poco antes de la emisión de un documental sobre la extinción del oso cántabro? Esta tía se ha bebido el entendimiento... Hay para alquilar sillas... Eso sí que es soñar tortillas...

Y así continuaron, posiblemente en la primera traducción telepática literal al castellano de viejos giros catalanes arrojada al Mundo Superior. Aquel alarde consiguió conmoverme, obligándome a una modesta aunque todavía más absurda aportación:

—¡Dios nos da! —exclamé, transida, pues no en vano comprobaba que, aunque en vida no fuimos considerados escritores catalanes auténticos, allá en Donde Fuera todo resultaba posible, y nadie se reconcomía por vernos utilizar a nuestra manera, placenteramente, las lenguas con que habíamos sido enriquecidos, no mermados.

«¡Dios nos da!», repetí, melancólica. Reducción forzosa de la inabarcable e intraducible expresión, *Deu-n'hi-do,* que significa «Vaya», «Cuánto», «Qué gordo, esto que pasa», «Qué barbaridad», «Lo que hay que aguantar»... y mucho más. Dios nos da. Y Dios nos quita. Dios... «¡Si estás ahí, cabronazo, sal y da la cara!», clamé. «¡Me adeudas más de una explicación!»

Ay, lloré para mis adentros —aunque, ¿me quedaban adentros, gozaba de intimidad, con aquellos buitres acechándome?—, lloré por las palabras perdidas. Ay, lloré por los libros no escritos. Ay, lloré por cuanto pude haber dicho a mis dos amigos si hubiera sabido que iban a morir antes que yo, o a los que me quedaban, de haber supuesto que la iba a palmar antes que ellos. Lloré por haber silenciado lo mucho que les quería, lo mucho que les necesitaba, lo mucho que agradecía cuanto me habían dado a lo largo de los años. Lloré interiormente, y a punto estuve de echarme a llorar por fuera —a Terenci no le habría importado, pero recordemos lo circunspecto para los derrames emocionales que era Manolo—, dada la intensidad de mi tardío arrepentimiento...

—¡Pleonasmo! —bufaron—. Cualquier arrepentimiento es por esencia tardío, incluso cuando nos asalta solapándose al delito, cuando obramos mal a sabiendas y lamentándolo, mas sin por ello cejar en el empeño. Tu delito es el de omisión, variante de la que nadie escapa. Y el reo de semejante falta nunca recibe suficiente castigo, salvo que contabilicemos como tal el remordimiento en sí, que a algunos se la sopla y a otros nos amarga. Consuélate, querida nuestra, porque con las palabras no pronunciadas, con las palabras que tanto nos duelen, algunos somos capaces de construir nuestros sueños y, en el mejor caso, nuestra literatura, que es el sueño más perdurable.

—Vuestro comentario no me reconforta, dado

que he muerto antes de entregarle al mundo obras más loables que mis quehaceres pasados —me reviré, ofuscada—. Tampoco aclara por qué me he vuelto tan bajita y vosotros tan altos, ni el hecho de que lleve un vestido blanco de raso, largo, estrecho e incómodo, si no tuve el placer de usarlo en el transcurso de una orgía de honores y homenajes...

—Lo inexplicable es que tú, una cinéfila de raza, crecida en las más apestosas salas de cine de nuestro Barrio, rata de filmoteca y de cine-club en tu juventud; tú, que recibiste el primer beso de amor —¿lo recuerdas, desdichada?— en una sesión doble que incluía *El verdugo* y *Uno, dos, tres*; tú, que te has aficionado a ver películas en DVD y a hablar con los artistas en voz alta, tú y precisamente tú no captes que te hemos recibido reproduciendo una de las mejores escenas de *Desing for Living*, la peli de Ernst Lubitsch basada en la comedia de Noel Coward, que en España fue rebautizada como *Una mujer para dos*.

Caí:

—¡Soy chaparra porque hago de Miriam Hopkins! Casi una enana, era, y más mala que un dolor, según contaba la propia Bette Davis, que trabajó con ella y llegó a abofetearla en una versión anterior de *Ricas y famosas*.

—¡Exacto! —Tras la exclamación, se sonrojaron—. Es evidente que ambos deseábamos encarnar al guapísimo Gary Cooper, pues Frederich March, aunque prestigioso, ponía cara de llevar faja, como Charles Boyer, quien, por cierto, era un galán muy poco convincente, se asemejaba a un conserje de hotel parisino...

—¡Basta! ¡Basta-basta! —Volví al resentimiento. Recordemos que llevaba ya un rato en la Eternidad, y que mis amigos ni siquiera me habían dado el pésame—. ¡Qué vergüenza! ¡Organizar una juerga nocturna al estilo del París de los años treinta según Hollywood para *celebrar* mi entrada en el Otro Mundo! Y parlotear de cine sin parar, conmigo de cuerpo presente... Lo mínimo sería que emergiérais más solemnes.

—¿Cómo de solemnes? ¿Así?

Ahora les vi tendidos sobre el costado izquierdo, en sendos nichos de un muro de la abadía de Westminster. Muy cerca de nosotros, sentados en un catafalco de matrimonio, Diana de Gales y Dodi el-Fayed miraban atentamente un programa de televisión que versaba sobre sus avatares como inmortal pareja. El escultor les había reproducido en mármol, agarrados a un mando a distancia.

—¡Son ellos! —troné shakespearianamente, a tono con la bóveda.

—No te asombres. Nuestra capacidad de convocatoria espectral es casi ilimitada. ¡Tenemos tanto que enseñarte! ¡Tanto que descubrirte! ¡Tanto que recuperar, con tu ayuda! ¡Esto es superior a Google! ¡Mejor que Hollywood en sus buenos tiempos!

—Habladme como solíais. De uno en uno y usando vuestra voz inconfundible. De lo contrario va a reventarme el cerebro. ¡Me duele la cabeza-

cabeza! Ni siquiera me habéis ofrecido una aspirina. ¡Inconcebible! ¡Un Más Allá con dolor y sin analgésicos! ¿Cómo podéis tratarme así? ¿Cómo habéis podido? ¿Cómo podéis seguir pudiendo?

Mi andanada verbal resonó en el vacío.

—¡Podéis, podido, pudiendo! —abundé, exasperada ante su silencio—. ¡Oh, que alguien me ayude! ¡Que alguien me decapite! ¿Para qué me sirve la testa? ¿Es lógico que mi parte más noble sufra, si ya abandoné el comúnmente denominado Valle de Lágrimas?

—En aqueste lugar se puede cuanto se puede —acotaron, misteriosos—. Nos movemos en un espacio infinito en el que, para pasarlo bien, bastan un buen guionista y un coreógrafo flexible. Y no te preocupes por tu migraña. ¡Es una buena, inmejorable señal!

—Sigo sin entenderos. No le veo ninguna ventaja a estar aquí. Primero, no observo en mí todavía el noble arte de la telepatía de comunicación de masas. Segundo, me caigo si no me apoyo en vosotros. Sufro lipotimias y agorafobia, de modo que me mareo cada dos por tres, bamboleándome en el éter. Me atormenta, como si aún estuviera viva, haber hecho el ridículo muriéndome durante la firma de mi novela, defraudando a las personas que hicieron cola para esperarme. Y me duele, sí, me duele acordarme de mis libros, mis diccionarios, mis películas y mis músicas, por no hablar de mis chales de seda, mi surtida bisutería oriental y otras preciosas posesiones... ¿Acaso no gozaré del bálsamo del olvido? ¡Mis manos están vacías! Lo cual no impide que me pese yo misma a mí misma. ¡Uf, qué cansancio! ¡Quiero una silla! Ya que todo lo podéis, dadme una silla divina, en la que mi cuerpo encaje a la perfección. Una silla-silla.

Obedientes, produjeron un rústico ejemplar de la especie. Era de teca, y ofrecía sólidos brazos y patas, así como un cómodo asiento forrado con cretona de vivos colores. Antes de depositar mi trasero olfateé la inmensidad circundante, desconfiada. Yo había visto un mueble similar en alguna terrena parte.

—No, querida. No en la Tierra, sino en el cine, que era, allá abajo, lo más semejante a este Paraíso, del que podrás disfrutar mientras se prolongue tu estancia entre nosotros.

—¿Cómo que mientras...? —Me excité—. ¿Es lo mío un mero tránsito? ¿Vais a re-abandonarme?

Lejos de responderme, se extendieron en detalles.

—Pertenece al mobiliario del chalé de alta montaña de *Que el cielo la juzgue*, aquel perverso melodrama en technicolor protagonizado por Gene Tierney y Cornel Wilde. Aquí se sentaba ella para maquinar maldades tales como deshacerse de su cuñado poliomielítico ahogándole en el bucólico lago adyacente, o cargarse al hijo que llevaba en sus entrañas fingiendo un accidente doméstico. Qué gran mujer, Gene Tierney. Podríamos emplazarla pero, hasta que te trajimos con nosotros, he estado muy entretenido tirándome a River

Phoenix y Manolo, intentando reconciliar a Trotski y Lenin...

Terenci había hablado con su propia voz, y me sentí más a gusto. A gusto, pero tristísima.

Me desplomé en el sillón y, por fortuna, éste no cedió al recibir la losa de mi infortunio.

Manolo me acarició el pelo.

—Tranquila, que te lo vamos a contar. Confía en nosotros —dijo por sí mismo.

Levanté las piernas y las doblé, juntando los botines sobre el asiento; apoyé la frente en mis rodillas, que mostraban algún que otro moretón reciente y estaban sucias de tierra del jardín. Me estiré los calcetines y suspiré profundamente. Un momento. ¿Qué botines, qué rodillas, qué jardín? ¿Qué calcetines?

¿De qué me habían vestido?

—¡No entiendo nada! ¡Quiero llorar! —berreé, con profundo desconsuelo—. ¡Llorar, llorar y llorar! Y me importa muy poco que tú, Manolo, te pongas nervioso o que tú, Terenci, me tomes el pelo. No me pasaré la muerte sometida a este tipo de convencionalismos sociales.

—Por mí no te reprimas —replicó Manolo—. El llanto es algo que aquí se echa más de menos que esa cursi postal del Nilo que pretendías endilgarnos hace poco. Ojalá nosotros lloráramos, ojalá nos doliera algo.

Abrí, pues, las compuertas. Una eternidad después, reconfortada yo y ellos taciturnos, nos deslizamos por la superficie de un mar inmenso formado por mis lágrimas. Cada uno de nosotros llevaba un bañador a rayas y un flotador amarillo y blanco, con cabeza de patito, ceñido a la cintura.

—Te lo pronostiqué —observó Manolo, mirando al otro—. Todavía podemos aprovecharla. Aún posee la facultad de aceptar el absurdo y de hurgar en él con la curiosidad de Alicia.

Bostecé.

—Me aburro —dije—. Nadar me fastidia cuando no diviso la orilla.

—La adornan también algunas cualidades de Wendy que no nos vendrán mal —completó Terenci—. Es muy intuitiva para la decoración de interiores. En cuanto entra en una habitación vacía, con cuatro chorradas la convierte en suya, sin rebosar por ello esa feminidad pendiente que resulta tan amenazadora. Y es muy dada a la sobreprotección de infantes.

—Eso, al nivel en que nos movemos —asintió Manolo—, tiene su utilidad.

No les entendía. El llanto había aliviado mi dolor de cabeza, pero la pobre se había quedado hueca, y en su interior los vocablos se algodonaban. Agradecí, sin embargo, que continuaran utilizando la fórmula individual de expresión para comunicarse. Lo agradecí tanto que, en lugar de continuar regañándoles, chapoteé perezosamente en mis lágrimas y concedí:

—Siempre quise poseer un salvavidas como éste. Como éramos pobres, tenía que conformarme con uno de corcho. Muchas gracias.

Salvavidas para una muerta, menuda paradoja. Como un título de novela policíaca francesa de los sesenta. Una de Japrisot, por ejemplo.

—¿Sufrí mucho? —pregunté.

—Tengo hambre —me cortó Manolo—. Os propongo un almuerzo por todo lo alto en nuestro restaurante favorito del Barrio. Antes pasaremos por mi despacho, el marco más apropiado para una conversación seria.

Travieso, Terenci sacó el pitorro a nuestros flotadores, uno tras otro. Al expandirse, el aire comprimido emitió una infinita, triple y entremezclada pedorreta que, supuse, fue a sumarse al remanente de la capa de ozono.

2
Los orígenes

Habíamos nacido en el Barrio. Veníamos del Barrio. Éramos el Barrio. Hijos de una posguerra y de una geografía concretas, llevábamos el más amargo antojo de la Historia de nuestro país tatuado en la espalda. Pertenecíamos a las calles de aquella niñez. Y eso lo cambiaba todo.

Quien no ha vivido en el Distrito V de Barcelona, entre los años cuarenta y sesenta del siglo veinte, carece de instrumentos para desentrañar las raíces que mis amigos y yo compartíamos. Ni siquiera a nosotros nos era dado disolverlas. El solar que nos alimentaba, del que salíamos, había sido roturado desde hacía siglos con el sudor de quienes realizaron, fuera de las murallas delimitadas por la Rambla, arduos trabajos y turbios encargos para aquellos que, intramuros, se enseñorearon de la Ciudad, y nos poseyeron sin acercarse a nuestra mugre. En las sórdidas viviendas en donde nos amontonábamos, ignorábamos a quién iban a parar los dineros de nuestro alquiler, sólo el llamado procurador pasaba puntualmente a depositar sobre la mesa la contundente y sólita intimidación:

desahucio. Palabra funesta. Su sonido acompañó las pesadillas de mi niñez, porque había visto amontonados en las aceras colchones y enseres de cocina, muebles desparejos y orinales desportillados, había visto a mujeres que lloraban, abrazadas a sus criaturas y a sus bultos envueltos en pañuelos marrones de percal.

Ninguno de nosotros se hizo jamás con la coartada del olvido. Tampoco del perdón.

Veníamos de esas tierras que, mucho antes de nuestro nacimiento, fueron huertos, iglesias, hostales para pobres, barracas, hospicios, conventos, casas de caridad, lavaderos públicos, edificios insalubres que se apoyaban unos en otros como para no desequilibrarse, invadidos por la misma peste a cagaderos comunes. Veníamos de fábricas en donde abrasó sus pulmones el proletariado surgido de aquella industrialización fermentada al vapor por los amos que respiraban el aire límpido de su otra ciudad o de sus mansiones campestres y sus torres del litoral. Veníamos, y eso estaba en nuestra sangre —en la masa de la sangre, solían decir las madres de entonces— de una densidad de pobladores por metro cuadrado única en el mundo, de viviendas ilegales construidas en patios interiores y azoteas, del hacinamiento y de la precariedad. Veníamos de las aguas fecales, de la ropa perennemente húmeda porque ni el sol se atrevía a acercarse a nosotros. La tercera muralla, que dio origen a la Ronda y al Paralelo, nos emparedó, consumó la segregación; éramos propiedad ajena y esa nueva barrera resultó terminante para retenernos, para que nuestro hedor de Barrio sur no alcanzara las orondas pecheras del naciente Ensanche. Para que se consumara el gueto.

Veníamos de los astilleros y de los cuarteles, de la mala vida y de la miseria. A lo largo de su historia, se produjeron luchas de marginados, revueltas por el precio del pan y rebeliones contra esos cancerberos de los ricos, esos capataces de la beneficencia que son las monjas y los curas. A los perdedores se les ejecutaba y colgaba, como escarmiento, a las puertas de la ciudad. Con el tiempo, el Raval, convertido en Barrio Chino y en parte del Distrito V, aprendió a comerse la rabia y a callar, a salvarse de la derrota como pudo, después de que la sangre del anarquismo tiñera sus cloacas. Trabajo y compasión y fraternidad, y también peleas, golpes, gritos, la ira que estallaba como petardos de verano. Tal fue mi Barrio, nuestro Barrio.

Cada uno lo vivió a su manera. Yo entre las putas, las pensiones de habitaciones por horas, los distribuidores de libros y revistas, los zapateros remendones, las tiendas de preservativos y lavajes, las tabernas; Manolo, unas calles más hacia la Ronda, en una zona predominantemente obrera, de vencidos de la guerra; Terenci afinando su oído de escritor en las calles de la menestralía algo menos precaria, en donde las vecinas le mimaban. Los tres, locos por el cine.

A Terenci le conocí en mi adolescencia, a Manolo a mis veintipocos. Para entonces, los tres ya nos habíamos aventurado en el paisaje de otra Barcelona, la que nos ofrecía un futuro. Pero nunca expulsamos el Barrio de nosotros.

3
El Gran Fallo

Manolo se aclaró la garganta con un buen trago de orujo seco y frío antes de responder a mi pregunta. Entre él y yo mediaban una mesa de oficina y una lámpara de flexo. Reconocí el lugar: era el despacho de su criatura de ficción, el detective Pepe Carvalho, aunque con una decoración más minimalista que la que sugerían sus novelas. No olía a guisos de Biscuter ni nos llegaban los sonidos de la cercana Rambla.

—El cómo te desvaneciste ya te lo hemos contado. En pleno hastío. Se trata de una consecuencia natural del fastidio prolongado. El alma padece, sometida a un opaco desgaste, y el cuerpo, que es el que paga nuestros errores, pide auxilio, tal como le dijo el papa bueno al Padrino en la tercera parte de la saga. Tú acumulaste tanto tedio durante los últimos años que un buen día, sin más, te pegaste el piro.

—¿Lo pasé muy mal? —insistí.

—No creo. Es más, sucedió para tu beneficio, como verás más adelante. Pues éste es un relato moral, aunque no te des cuenta.

Un tañido de lira quebró nuestro naciente intercambio. Era Terenci. Recostado en un triclinio de oro cuyas patas tenían forma de garra, y apenas cubierto por una túnica blanca, tañía el instrumento mientras sacudía una trigueña y abundante cabellera.

—¡Hostia, Terenci! —grité—. ¡Tienes pelo!

—Sí. Y no es postizo, ni injertado. Cambio de peinado cuando y cuanto me viene en gana. ¡Me lo quito y me lo pongo, me lo quito y me lo pongo! —canturreó, exhibiendo, para mi deleite, un surtido de pelambreras.

—¿Podemos continuar con nuestra charla? —una impaciencia casi humana hizo que Manolo el detective golpeara la mesa con los nudillos.

Terenci, que seguía de efebo romano pero ahora lucía una mata de cabellos verdes, no le hizo caso.

—Abandonad esa aburrida conversación... Ya está bien de pompas fúnebres. Como investigador es posible que conozcas perfectamente los pasos a dar para resolver un caso, pero en esta tu encarnación áurea dejas atrás al Manolo novelista. Fastidiarás la intriga si le cuentas de golpe a nuestra amiga los secretos del expediente que llevamos entre manos.

Le arrancó a la lira una escala de alegres sonidos, una especie de foxtrot, y en seguida, en el más puro estilo de vecindona de la calle Ponent, le reprendió:

—¿No ves que la asustaremos si se lo contamos de sopetón? Esta pobre recién viene, como quien dice, de pastar entre coetáneos bien pensantes y adictos a los restaurantes bendecidos con estrellas Michelin.

—Hombre —protestó Carvalho, ahora muy Manolo—. Yo mismo no dejé de frecuentar con ahínco a unos cuantos muy estrellados.

—Sabes bien qué quiero decir. Gente que, mientras come, habla de comer, y que se reafirma en la metafísica gastronómica mientras posterga las preguntas incómodas.

Terenci abandonó su postura y se cruzó de brazos y de piernas sobre una alfombra que flotaba a la altura de nuestras cabezas. Súbitamente vestía una casaca de largo tres cuartos, en brocado amarillo. Por debajo asomaban unos pantalones a juego y unas babuchas carmesíes. Se tocaba con un turbante blanco, rematado en lo alto por una pluma de pavo real prendida con un desmedido rubí.

—¡Hagámosle una demostración! —suplicó—. ¡Tiene que saber que esto es mejor que la MGM y la Paramount en sus buenos tiempos, con un toque RKO!

Manolo sacudió la cabeza y se palpó el puente de la nariz con el índice derecho, como si se ajustara las gafas. Conservaba ese gesto pese a que ahora ya no las usaba.

—Quisiera seguir de Carvalho un rato más y ayudar a esta pobre chica en sus vicisitudes. Aunque es evidente que, por edad y por extracción social, nada tiene en común con las muchachas doradas que solían acudir a mi despacho y que me arrastraban hacia oscuras tramas de estafas y asesinatos.

—Al final te rompían el corazón. Y el de Charo —intervine—. Charo era cien veces mejor que las otras. ¡Malcasadas de barrio alto, pijas sedientas de mala reputación!

—Nadie manda en su entrepierna sentimental —sentenció Carvalho—. Algo que ya no ha de importarnos. Al menos, a nosotros dos.

¿Se refería a él y a mí, o a él y a Terenci?

Clavó en los míos sus ojos inquisitivos. Pasaron unos segundos muy largos. Me moví con cautela en la silla de Gene Tierney, intranquila. Manolo agarró bruscamente el flexo. Creí que iba a dirigir la luz hacia mí, como los policías de las películas en los interrogatorios, pero inesperadamente le dio la vuelta y dispuso la lámpara de tal modo que el haz de la bombilla le dio completamente en la cara. Era una cara triste.

—Mírame bien. A lo largo de toda mi vida no he hecho otra cosa que buscar la verdad. La verdad política, la verdad literaria, la verdad poética. Ahora trabajo en un caso más inabarcable, lo reconozco. La verdad de la muerte. Qué podemos hacer.

—¿Qué podemos hacer desde Aquí Arriba para que Allá Abajo no cometan los errores de siempre? —Me entró un punto sesentayochista muy excitante.

—No. Qué podemos hacer para pasar la Eternidad de la mejor manera posible. En cuanto al resto... Si en vida no conseguimos cambiar el mundo, imagina qué lograremos transformar ahora. Nada desde la Nada. Sin embargo, quizá dispongamos de una oportunidad para reparar algo muy cercano, algo pequeño en relación con el mundo pero grande en sí mismo. ¿Recuerdas? Cada uno llegó a tal conclusión por su cuenta, no nos lo dijimos pero tácitamente lo admitíamos y no sin amargura, antes de asomar por aquí. No ponernos metas imposibles, arreglar lo cercano, actuar en la medida de nuestras fuerzas... Ya que la vida no era como la esperábamos, sino como la temíamos, y que la Eternidad tampoco depara grandes soluciones...

—¿En qué manera intervengo?

—Eso te lo cuento luego. Déjame confiarte que, de todas las lágrimas que se vertieron por mi ausencia (aparte de las estrictamente familiares), y a pesar de que soy partidario de la moderación en el dolor, conservo el recuerdo preferente de las tuyas. Llorabas como una niña, a gritos, y pusiste en el equipo de música *Tatuaje*, por Concha Piquer, para gran susto de tus vecinos, porque eran horas muy tempranas. Casi te electrocutaste al salir de la ducha y precipitarte a abrirles la puerta, chorreando agua y pisando cables, a aquellos amigos que consideraron que era contigo con quien tenían que compartir su duelo por mí. Me escribiste una fina necrológica, basada en la plenitud de mi relación con el bacalao.

—La que me dedicaste tampoco estuvo mal, reina —terció Terenci, desde su alfombra voladora—. Pero debo reconocer que mi preocupación por que se cumplieran los requisitos indispensables para mi multitudinario funeral me impidió leer las necros inmediatamente.

—¡Me vigilábais! Y me leíais —recapacité, más irritada que complacida—. Seguíais mis pasos. Fuisteis testigos de mi desconsuelo. ¡Y ni un gesto de simpatía por parte de los fantasmas! Ni un movimiento de mueble, ni un balanceo de lámpara, ni un libro vuestro caído desde mis baldas. Ni una posesión de cuerpo para manifestaros. Bien podíais haber utilizado a mi Neus y a mi Maricruz, que son muy dispuestas. Os veo: tú, Manolo, recibiendo mi correspondencia en la portería, y tú, Terenci, fregoteando en mi cocina... Pero carecéis de sensibilidad. Ni una señal me disteis. Merecéis que os hubiera olvidado.

—Tú, nunca. Si morías por nosotros... Nos convocabas con vasos. Primero los llenabas con whisky, luego te bebías su contenido, los empujabas y movías la mesa hasta que señalaban las letras de nuestros nombres.

—Y le hablabas a mi retrato. Lo ponías delante de la tele, metías en el DVD *Sinuhé el Egipcio* o *Tierra de Faraones* y decías: «*Apa*, Terenci, a tu salud». Ay, puñetera, la de veces que me senté a tu lado, en el sofá. Manolo y yo escuchábamos tus lastimeras parrafadas. «Tengo frío», repetías. «Me entra el aire por los costados. Me he quedado sin mis dos paredes maestras, me tambaleo. ¿Qué haré para mantenerme en pie todos los días?...»

—«¿A quién consultaré, con quién me reiré, con quién compartiré los recuerdos que son sólo nuestros?» —Mi murmullo se acopló a sus palabras, no había olvidado el dolor. Ni en el Otro Mundo se olvida.

—¿Cómo no íbamos a traerte con nosotros? —inquirió Manolo, con un gesto que proclamaba la obviedad con que daba la pregunta por sobrante.

¿Traerme con ellos? ¿Se referían al hecho místico de seducir mi cuerpo astral hasta conducirlo a su Más Allá o a que, literalmente, me habían dado matarile? No sabía si considerarme aterrorizada o complacida. Porque tenían que haber deseado mucho volver a verme para plantearse, siendo quienes eran, mi asesinato. Esta última hipótesis mejoró mi opinión acerca de mis amigos, y de los hombres en general.

—¡A comer! —canturrearon a dúo—. ¡A comer y a gozar!

Sonreían divertidos, cada uno apostado a un extremo de una mesa rectangular cubierta con un mantel a cuadros. Ni rastro de la oficina de Carvalho. Manolo lucía una guayabera blanca y el mostacho oscuro de sus buenos tiempos. Y Terenci llevaba puesta su mejor chaqueta, con su pin de Sal Mineo en la solapa.

Delante de Terenci se materializó una bandeja de percebes.

—¡Percebes de Galicia! —exclamé—. Dice la voz popular que están extinguiéndose.

—Aquí no faltan —me tranquilizó Manolo—.

Lo primero que has de aprender sobre la Eternidad: el ingrediente principal de nuestras fantasías es la memoria. Estos percebes incumben a la de nuestro Terenci, que moría por ellos, como sabes. Me temo que la reconstrucción de Can Leopoldo es un error compartido.

Ahogué una despectiva exclamación. No así las palabras:

—¿Casa Leopoldo? *¿Esto?*

Eché una ojeada alrededor. La luz mortecina que entraba de la calle apenas delimitaba los contornos de las mesas y los cuerpos que ocupaban el primer comedor, y los azulejos de la pared, las fotografías y los carteles taurinos no hacían justicia al abigarrado y clásico original. En una mesa, al fondo, un tipo escuálido golpeaba la superficie con el puño.

—Es Manolete —susurró Terenci—. Se nos ocurrió convocarle cuando recordaba una mala tarde, y ahí lo tienes, despotricando sin parar. Yo no me acercaría a él.

—¿Y Rosa? ¿Ni siquiera habéis podido traeros a la dueña, que es el alma del lugar?

—No seas animal, ¿no ves que Rosa está viva? Hemos llamado a su padre. Ahí viene.

Me alegré de verle. El señor Gil siempre había sido muy amable conmigo. Iba a preguntarle qué tal le sentaba el Otro Mundo, pero el hombre, sin percatarse de mi presencia y como saliendo de un sueño, recitó:

—De primero, mariscada muy fresca. Y una lubina exquisita.

Decididamente, la reconstrucción del propietario era tan poco fiel al original como la del restaurante.

—Muy bien —aprobó Manolo—. Primero me bajaré una de callos. Mi tapa preferida, que solía tomar cuando pasaba por aquí a media mañana, en uno de mis regresos nostálgicos al Barrio, después de hacer algunas compras en el mercado de la Boquería.

Bien agarrada a mi Tierney, probé los callos, que vinieron solos —ya he dicho que mis amigos tampoco se habían apuntado un éxito con el señor Gil; no regresó—, y dictaminé:

—Suculentos...

—Los recuerdo muy bien —musitó Manolo, entrecerrando los párpados—. Demasiado bien.

—Veamos, recapitulemos, ponderemos —levanté el tronco de percebes que sujetaba con la mano derecha—. Estabas diciéndome... ¿cómo era? Ah, sí, que el principal ingrediente de vuestras fantasías en este pintoresco Ultramort son los recuerdos.

—Y el Deseo —intervino Terenci, a quien un fino reguero de jugo de percebe le recorría la barbilla en dirección a la chapa de Sal Mineo.

Era un incidente tan humano que, de no haber sido por mi prevención a abandonar mi butaca y quedarme flotando en el dudoso éter, de buena gana me habría sentado sobre sus rodillas y le habría echado los brazos al cuello.

Telepático, se secó convenientemente y, alargando un brazo, colocó una mano sobre la mía. Le miré sin palabras. Sentí entonces la mano de Manolo cubriendo mi izquierda. Cerré los ojos, porque no podía ser más feliz, ni más amada, ni más comprendida. ¿Qué importaba haber tenido que morir para lograrlo?

—Ha pasado un ángel —dijo Manolo, irónico.

Me aclaré la garganta. Había llegado mi hora de preguntar.

—¿Cuál es el misterio? —pregunté.

—¿Qué misterio? —Otra vez sincrónicos. Y esquivos.

—¡Como volváis al dueto me dejaré caer con tanta fuerza que llegaré a la misa de doce en Montserrat antes de que se persigne un abad loco! ¡Os dejaré solos! Os conmino. Ahora mismo, y de uno en uno, reveladme el secreto de...

—¿... nuestro poder de convocatoria?

—¿... la razón de tenerte aquí?

—¿... por qué esto es mejor que Hollywood?

—¿... quién mató a John F. Kennedy?

Les contemplé de hito en hito pero no supe discernir ningún hito en ellos. Nunca he visto hito alguno, ni en Este Acá ni en Aquel Abajo.

—Eso, después —indiqué, cortante—. No voy a perdonaros tales explicaciones, las dejo para más adelante. Ahora exijo que me contéis cuál es el Fallo.

—¿El Fallo? —se entregaron a aquella mirada cómplice y furtiva que les alejaba de mí y me ponía frenética.

—Sí, superhombres. El Fallo, la Cagada, la Desilusión. Llamadlo como queráis. Algo que os ha sorprendido con el pie cambiado. Algo para cuya resolución precisáis de mí. No —atajé sus nerviosos intentos de atajarme, ofreciéndome para ello las tentadoras reservas de percebes y callos—. No me interrumpáis. Si os basta con recordar para recuperar... Después de cuanto habéis escrito y pontificado sobre el Barrio, ¿cómo es posible que seáis incapaces de representar ni siquiera su más afamado restaurante? ¿Qué hay en vosotros que os lo impide? O peor aún, ¿qué no hay?

Dejaron de dirigirse visajes compinchados y se volvieron hacia mí, con intención de buscarme también los hitos. Era una sensación agradable: admirativos, pendientes de mí.

—Qué lista eres, puñetera —me alabó Terenci.

—Típica inteligencia natural del Barrio —sentenció Manolo—. Me siento orgulloso de ti, siempre has sido así. Y no nos fallarás en este trance.

—Bien —resoplé, repantingándome en el sillón Tierney—. Ya era hora de que habláramos con sinceridad. Contadme.

Manolo abrió la boca, pero Terenci se le adelantó:

—Propongo que recuperemos la alfombra mágica de *El ladrón de Bagdad*, en talla grande, y que sobrevolemos el mundo y sus amenidades. De este modo la narración a que someteremos a nuestra *mujera* resultará gráficamente más amena.

Salté de la silla, tan entusiasmada que ya no sentía miedo, y les tomé del brazo:

—¡Oh, sí! ¡Tiene glamour! ¡Tiene glamour-glamour-glamour!

4

¡Esto es Hollywood!

—Menos mal que no nos ven. Con estas trazas —comenté—, nos tomarían por inmigrantes ilegales y nos detendrían.

—Les pareceríamos un grupo multicultural formado por expertos en Oriente Próximo —opinó Manolo—, de esos que desembarcan esporádicamente en nuestra mediterránea ciudad para pasar la gorra o poner el cazo.

Terenci seguía ataviado de Sabú en *El ladrón de Bagdad*. Pretendía que Manolo aceptara su propuesta de estilismo a lo Gran Visir.

—En el cine, el Gran Visir siempre es malo —adujo el otro, para sustentar su rechazo—, una premonición de Dick Cheney codicioso y maquinador, pero con rímel.

Qué ocasión para una cinéfila viajada.

—*El ladrón de Bagdad* —apostillé, rauda y pedantona— fue una película profética, pues a los bagdadíes, oprimidos por un califa muy ominoso, a todas luces el avance de Sadam Husein, un anciano les vaticina que alguien acudirá a rescatarles y que ellos le verán acercarse entre nubes. Ese alguien no iba a ser otro que George W. Bush, con su peculiar idea de la salvación de los pueblos de la Mesopotamia y aledaños, es decir, mediante bombardeos aéreos.

—Reina, no te politices que nos amargarás la excursión. Y tú, Manolo, déjate de tonterías. Un disfraz de Gran Visir le sentará de miedo a tu bigotazo.

Manolo aceptó a regañadientes, como un niño contrariado que cede para no ser excluido del juego:

—Vale. —Se volvió hacia mí—. ¿Y tú, quién quieres ser?

Lo había deseado tantas veces.

—Me pido Jean Simmons en *Narciso negro*. Recordad, la sensual adolescente nepalí Kanchi, con *sharong*, collares, pendientones, pulseras de cascabeles en los tobillos y un *piercing* de oro en la nariz. Kanchi se ennoviaba contigo, Terenci, es decir, con un Sabú siete años mayor que el que ahora te habita.

—Viva el cine, que todo lo consigue. —Terenci inclinó su enturbantada cabeza—. Y el Más Allá, que tampoco es manco.

Me ondulé, tintineando, y sacudí la melena azabache, que me llegaba hasta la cintura. Los ojos color de mar de Jean Simmons centellearon en mis cuencas. Fui Kanchi, con la fascinación de su belleza y juventud. Y con unos pechos que cortaban el espacio.

Terenci tomó el mando.

—Poneos cómodos, que yo conduciré al volante de mi propia alfombra. Además de haber nacido, como Scaramouche, con el don de la risa y la convicción de que el mundo está loco, conozco mis fantasías como la palma de mi mano.

Se colocó en la proa, las piernas abiertas, las babuchas firmemente pegadas al frágil vehículo. Cruzó los brazos sobre el torso, el cuerpo tieso, la cabeza erguida, desafiando el Tiempo. Manolo y yo nos tumbamos boca abajo, sobre cojines adamascados. Mi amigo Gran Visir me pasó un brazo por los hombros y yo doblé las rodillas, acercando los talones a mis nalgas y sacudiendo los tobillos para que mis pulseras repiquetearan en la Eternidad. Con disimulo, ejecuté un gesto muy doméstico: palpé con una mano el reverso de la alfombra y no localicé nudo alguno.

—¡Estafa-estafa! —bramé—. Esta alfombra no ha sido tejida a mano.

—Cállate, Wendy, que no eres una turista catalana en el bazar de Estambul. ¿No ves que viene de La Meca, pero la buena, La Meca del Cine? ¿En qué otro lugar quedan, si no, alfombras voladoras para gente como nosotros?

Dicho lo cual, Terenci aspiró profundamente. Gozaba de unos pulmones envidiables, allá en el Otro Mundo.

—¡Preparados! ¡Listos! ¡Despeguen! ¡Ahí va Sabú, el ladronzuelo dignificado, cuando se aleja al final de la película! Pero él está solo, y yo parto en la mejor de las compañías. Lanzaré su exclamación última, que convertiremos en nuestro lema, si no os importa.

—¿Y cuál era? —Si me hubieran rematado no habría conseguido recordarlo.

—*«Fun and adventures, at last!»*

Manolo me estrechó con mayor fuerza.

—Eso. Aventuras y diversión. A nuestra manera.

¿Quién no ha soñado que podía volar? ¿Quién no ha temido caer infinitamente? Son esfuerzos nocturnos comunes a la humanidad. El sueño de volar y la pesadilla de despeñarse pesan sobre los párpados, platillos que raramente equilibramos. Metáfora del ángel que tememos ser. Ángel en su gloria, ángel derribado.

Os evitaré, pues, la narración de aquello que sentisteis si os contáis entre los elegidos para volar en sueños. Sabéis que no existen palabras para describir la plenitud, esa corriente de conocimiento que abre el pecho, que irrumpe en el cerebro y lo amplía y oxigena y que, para nuestra desdicha, se esfuma al despertarnos, dejando en su lugar nostalgia de la ausencia, una conmoción semejante a la que suscita la pérdida del mejor juguete o de la mejor infancia. En cuanto a la caída, este libro no trata de ello. O sí. Veremos.

Se añadía el componente cariñoso. Volar con mis mejores amigos del Barrio, después de haber vivido.

Terenci inició el estribillo de una canción que los tres conocíamos muy bien:

—«*¡Si acaso quieres volaaaar, piensa en algo encantadoooor!*»

—«*¡Como aquella Navidaaaad, que encontraste al despertaaaaar...*» —Manolo y yo.

—«*...juguetes de cristaaaal!*» —los tres.

Nos importaba muy poco que la sintaxis de la versión lanzada por la factoría Disney para acompañar el clásico vuelo de Peter Pan y los niños Darling por los países de habla hispana se saltara unos semáforos. Pese a lo que la cinefilia aconseja —siempre versión original con subtítulos—, aquel himno de infancia inolvidable o era en su versión portorriqueña o no era.

—Te brindaremos una demostración de nuestros saberes... —empezó Terenci.

—...Y de nuestra impotencia —terminó Manolo.

Su tono solemne truncó el feliz sopor en que me había sumido, mecida entre nubes y estrellas.

—Ya te hemos contado que podemos conseguir representaciones fidedignas de aquello que recordamos bien, así como la plasmación de personas a las que deseamos ver, siempre que se encuentren muertas o, al menos, catatónicas.

—La fuerza de la memoria —asentí.

—Y la del Deseo. El Deseo que mueve el mundo de abajo también empuja este Otro Mundo y le ayuda a definir fronteras que no por difusas y evanescentes resultan menos estimulantes.

—Decidme. —Me incorporé—. ¿Hace aquí daño el Deseo? Su frustración, ¿desgarra como allí?

—Ay, cuca. —Terenci cabeceó y su turbante se movió como un autobús de dos pisos al trotar sobre un enlosado primario—. Aquí, de Deseo sólo hablamos de oídas. Aquello que sentíamos, la pasión de desear, el furor de la sangre, el dolor de la pérdida, eso, *nastic de plastic*.

—Tiene razón. —El Gran Visir se estrujó tristemente los bigotes—. No queremos engañarte. Exaltación, exaltación, esta que ves. Los juegos. Las representaciones. Las charadas. La compañía de otros difuntos, a nuestra elección. Tu presencia. Pero nuestro Deseo de hoy no es ni la sombra del que fue, es un pos-deseo y gracias. Nos vamos apañando.

—Pues a mí —me puse de pie e improvisé una danza hindú— esto de no caerme de una alfombra mágica y no volver a sufrir por amor, y, encima, con vosotros, me entusiasma. ¿Comemos y bebemos cuanto queremos sin engordar?

—¡Sí!

—¿Está a nuestro alcance enterarnos de lo que sucede allá abajo?

—¡Sí! —Sus voces superaron el ruido de unas turbulencias ambientales—. ¡Y algo infinitamente superior! ¡Somos capaces de olvidarlo!

—¿Podemos viajar al pasado, al futuro?

—Al pasado, podemos y queremos. Al futuro, ni ganas. Aunque por ti haríamos una excepción.

—¿Existe Dios? —proseguí, inclemente.

—¡No! —dijo Manolo—. Los ateos teníamos razón.

—Más razón tenía yo —añadió Terenci—, como egiptólogo de fuste surgido de la calle Ponent. Creía en la inmortalidad, y aquí está.

Bajé la voz, temerosa de que las fuerzas del mal me escucharan:

—¿Acuden por aquí, sin ton ni son, otros escritores?

—Sólo si los convocamos. —Manolo rió como un chinito feliz.

—Y tampoco hay críticos. Aparecerían si pensáramos en ellos, lo cual es imposible —me aseguró Terenci.

—Entonces, ¡no cabe duda! —exclamé—. ¡Esto es el Paraíso!

Brindamos por tal fortuna con champán improvisado por el marido de la Veuve Clicqot, que se nos apareció brevemente.

—¡Y por el Barrio, por la Rambla, por la Boquería! —prorrumpió Manolo—. ¡Por el Mediterráneo y por los callos de Can Leopoldo! ¡Por las azoteas de nuestra infancia! ¡Por las verbenas de Sant Joan! ¡Por el viejo Rompeolas! ¡Por nosotros!

Llegó el turno de Terenci:

—¡Por el mercado de Sant Antoni, por la calle Ponent y por el cine de los sábados! ¡Por los niñitos que no quieren crecer y por las chafarderas de Tebas! ¡Por el amor sin culpa y la belleza sin amargura! ¡Por el Barrio! ¡Por ti, *mujera*!

Emocionada y, creo, algo fatua:

—Por vosotros y por esta nueva oportunidad que me dais para crecer y aprender. Fuisteis buenos conmigo en vida y en adelante lo seréis todavía más. ¡Y por el Barrio!

Siguieron unos instantes de silencio improductivo, como si con el champán se hubieran desvanecido también las burbujas de nuestras prometidas aventuras.

—Chist. Chicos, chicos —les sonreí dulcemente—, ¿qué hacemos?

—Pide lo que quieras. Podemos pasar un rato en lo alto del Empire State, disparando a los helicópteros para defender al rey Kong, causa justa entre las justas.

—Otra noche, amigos —suspiré—. Me apetece que me saquéis a pasear un Jueves de Corpus por la calle de la Unión. Quiero volver a ser niña en mi Barrio de entonces.

A Terenci y a Manolo se les humedecieron los ojos, que ya no eran de Sabú ni del Gran Visir, y supuse que otro tanto me ocurría a mí, que lloraba con mi lagrimal propio, y no con el de Jean Simmons, al recordar nuestro Barrio bienamado.

—Nos urge contarte algo —anunció Manolo, con tono fúnebre.

El otro empeoró el panorama:

—Eres nuestra única esperanza.

—¿Quién? ¿Yo? ¡Esto es el colmo-colmo! ¡Cuando mejor me sentía, me falla la confianza! ¡Se me cae la fe, y yo con ella!

Dicho y hecho. Descendí por la Eternidad a ritmo de entre los muertos (*Vértigo*, Alfred Hitchcock). Es decir, en medio de una música redundante y de una espiral interminable. Embudo abajo iba yo, acompañada por acordes sombríos y gritando:

—¡Hombres! ¡Hombres-hombres! ¡Siempre nos defraudan!

Pero allí aparecieron, renovadamente juguetones, ataviados de caspercillos valientes, para recoger mi trasero y detener mi perforación del Paraíso.

—¡Huy! —lancé un gritito complacido—. ¡Qué gusto que da!

Mecíanme con tanto acierto que me sentí transportada a mis cinco años, que fue cuando mi madre me metió en una barca de las atracciones de la Brecha de San Pablo y se olvidó de mí por unas horas, dejándome a merced de un barquero que disfrutaba enseñándoles las antípodas a las criaturas.

En esta ocasión, no albergaba aprensión física alguna. De otra jaez eran mis recelos.

—Decidme, ¿cuál es el problema?

—El que tú intuiste, *mujera* —rezongó Terenci.

—El Fallo, la Cagada, la Desilusión. —Manolo se encogió de hombros—. No tenemos más remedio que contártelo...

—Pues a ti te corresponde ayudarnos —dijo el otro.

—¡Hagámoslo sin dilación! —Y completé, con ripio—: ¡Dejemos para más adelante la demostración!

Nos cogimos de las puntas de las sábanas, pues yo también iba ataviada de Cáspera, y emprendimos una suerte de regreso a no sé dónde.

5
El balcón

Súbitamente nos rodeó una espesa niebla, tanta que no podíamos distinguir nuestros propios volúmenes.

—¿Qué es esto? ¿Hemos perdido el rumbo?

Escuché la voz de Manolo, amortiguada por aquella sopa de champiñones.

—¡Es el Barrio, que se nos niega!

—Sí, reina, sí —dijo Terenci—. ¡Nos rechaza, se envuelve en un sudario que no nos permite ni avistar las farolas de la Rambla!

Mantuve un preocupado silencio, pues aquello imponía respeto y, aunque seguíamos conectados por nuestras volátiles extremidades, y sentía de cerca la respiración de mis compañeros, me preguntaba si mi reconocido coraje de otrora me serviría para afrontar espectrales bretes.

—¡Uhhhhhhhhhhhhhh!

—¡Ayyyyy! —grité.

—¡Hostia, Terenci, deja de hacer el ganso! —se irritó la voz de Manolo.

—Perdona, cuca, pero me apetecía mucho pegarte un susto, como si fueras la Bergman en *Luz de gas*, cuando oía pisadas en el desván y temía haberse vuelto loca.

La niebla se desvaneció tan imprevistamente como había aparecido. No había pasado en vano. La humedad, que era su misma esencia, nos apabulló el apresto; mi pelo, lacio, se me pegaba a los pómulos y se aglutinaba en mi cogote; los garbosos lienzos que nos habían cubierto hacía poco colgaban como vainas vacías. A través de la tela percibí la expresión de desamparo de mis amigos. Imaginé mi cara de tonta.

—Ya ves. Lo que más deseamos, lo que mejor recordamos, nuestro Barrio querido... no podemos reconstruirlo. Niebla y más niebla —gimieron a dúo, en plena regresión—. Sólo disponemos del balcón.

—¿Qué balcón? —pregunté.

—Ahí detrás —señalaron con el pulgar un mausoleo que se dibujaba a sus espaldas—. Es lo más parecido a un rinconcito del Barrio que hemos podido reproducir.

Me quedé sin habla. Y no es fácil callarme a mí.

—¿Estáis de broma? ¿Cómo es posible que vuestras privilegiadas mentes, muertas pero con poderes, alumbren semejante birria? Es todavía peor que esa lóbrega versión de Can Leopoldo en donde hemos comido.

Nos encaramamos a lo que llamaban balcón. Una tribuna de piedra gris, sombría y suspendida en el vacío.

—Ya dije yo que nos había salido una pifia —se amohinó Manolo.

Me sentí insólitamente grandona. Dicho de otra manera, experimenté un subidón de estima. Nada alimenta tanto el ego de una mujer como reconocer las flaquezas de los hombres, por amigos que sean.

Golpeteé la superficie del pretil.

—Aquí, hierro. Una baranda sencilla, de las que a mí me gustaba chupar de pequeña. ¿Y dónde están las persianas verdes, recién pintadas? ¿Dónde, las macetas de geranios y clavellinas? ¿Dónde, la ropa tendida, aquellos monos azules de obrero metalúrgico, los calzones de señora y los calzoncillos de caballero, las sábanas remendadas, los pañuelos de cuadros de *fer farcells*, imprescindibles complementos que toda mujer utilizaba, a falta de bolsas, para liar los bultos? ¿Dónde, los trapos para limpiar el polvo hechos con restos de viejas mantas del Ejército vencedor, de aquellas que repartían las malas putas del Auxilio Social? ¿Dónde, los cantos de las mujerucas que sacudían esteras y colchones de borra? ¿Dónde, los maullidos de los gatos y el ladrido de los canes?

Hice una pausa efectista, que nunca he sabido distinguir de una pausa para respirar, y añadí:

—No comprendo que semejante par de inútiles pudierais, no obstante, acercaros a mí, espiar mi duelo por vosotros. Mis duelos, mis redundantes duelos, ya que tuvisteis la osadía de morir uno tras otro y en el mismo año, engrandeciendo las respectivas penas que me causabais.

Bajaron la cabeza. Humildemente, Manolo dijo:

—Eso fue mérito tuyo. Nos llamabas, ¿no te acuerdas? Muchos pensaban en nosotros, por separado, pero sólo tú nos unías en tus monólogos, en tus lloros, sólo tú sufrías por los dos. Tú nos arrastraste hasta tu consternación, nos sentaste a tu lado en el sofá Philip Starck...

—Es un Chippendale. No estoy para moderneces —aclaré.

—¿Lo ves, reina? —se cruzó Terenci—. El sofá ni lo reconocíamos. Sólo teníamos ojos para ti, brincábamos en torno a tu dolor, preguntándonos qué podíamos hacer para consolarte y, al mismo tiempo, comprendiendo que, en tu fuerza para convocarnos, subyacía algo que, Aquí Arriba, nos faltaba. De aquel entonces a este hoy, cuca, has pasado por muy malos momentos, y no sólo a causa de nuestra ausencia.

—Pensamos —carraspeó Manolo, no sin cierta circunspección— que nuestras sucesivas muertes no sólo te hundieron emocionalmente en el desánimo sino que removieron tu otrora audaz espíritu, preso entre los barrotes del personaje en que te habías convertido. Nos preocupaban tus insomnios, la frecuencia con que le dabas al frasco, las horas que pasabas haciéndote dar masajes, para matar el tiempo hablando con la esteticista o con el peluquero o con la dueña de la tienda en la que te vestían para salir en la tele. No te querías enterar de lo que, sin embargo, sabías muy bien.

Rebufé.

—¿Para qué quiero una Eternidad en la que mis mejores amigos muertos se empeñan en hacerme reproches? Maldita sea, ¿es que no podemos ser celestialmente superficiales? ¿Vais a contarme qué pretendéis de mí?

—Como poeta que fui, investigo una lírica teoría que explica el porqué de tu insustituible colaboración en nuestro empeño.

—¿Como cuál? ¿Qué teoría es ésa? —Me puse en jarras. Con la engorrosa sábana húmeda todavía encima, no resultó sencillo.

—El ouroboros. Nos llevó tiempo averiguarlo, pero hemos comprendido que, entre Terenci y yo, no formamos la representación adecuada para reproducir un Barrio tan complejo como el nuestro ni unas infancias tan ricas. Esa figura es el ouroboros, la mítica serpiente que se muerde la cola, símbolo de perpetuidad y de plenitud, que ya Eliot utilizó, y yo mismo, en algún que otro poema. Una imagen de primera.

—¡Una serpiente! ¿Para ver el Barrio? —me escandalicé.

—Mujer, puesto así... Supón que soy la cabeza... Y un gran cabezón sí que me adorna, lo reconoceréis. Terenci encarnaría la cola...

—¡Colita retrechera! —palmoteó el otro.

—Y tú serías la parte fecundadora... En fin, no hagas que me ponga rojo de vergüenza.

Reflexioné.

—Si no estuviéramos muertos, os diría que somos carne de psiquiátrico —advertí—, pero os concedo que, dentro de la sinrazón, tiene sentido. No sentido-sentido, pero sí sentido a secas.

Retiré la sabanita de mi mano izquierda y me rasqué el dorso con la derecha, un truco que utilizo a menudo para ganar tiempo. Manolo aprovechó para divagar:

—Entre éste y yo sobran palabras. Una mirada, un gesto, y ya está: servido un período histórico, un acontecimiento...

—¡Un estreno de Hollywood! ¡*La Traviata* de María con Visconti, en La Scala de Milán! —se extasió Terenci.

—Pero el Barrio... Aquel universo nos atañe demasiado, somos incapaces de representarlo porque cuando uno de nosotros se pone a rememorar, qué te diré, el aspecto de las azoteas, se le atraviesa el otro con una evocación personal, íntima. Como ambas memorias son centrífugas y simultáneas, el recuerdo se dispersa. No cuaja ni cuajará nunca, a menos que dispongamos del tercer elemento. Carecemos del tercio central de la metáfora, esa parte que facilita la articulación de sus prolongaciones, haciéndonos fluir del uno al otro, de la cabeza a la cola. El vientre feraz de nuestra memoria emocional. Y ése eres tú.

—¡Ahora me llamáis barriga! El uno es la Mente y el otro la alegre Colita. Para mí queda la tripa, la bodega, el útero, lo que siempre ha sido imprescindible pero que ancestralmente habéis opacado para montároslo a lo grande.

Cerré los ojos, teatral.

—Maldita sea. Carecéis de sensibilidad. Allá abajo no creía en los hombres, y aquí tampoco me va a ser posible.

Era una trola. Si su Gran Fallo me había colmado de satisfacción, saber que mi presencia a su lado era determinante para subsanarlo me llenaba de orgullo. Pero no podía demostrarlo. Tenía miedo de que se habituaran a mí, de que se cansaran. Y también de no dar la talla.

Había olvidado que penetraban en mis pensamientos. Terenci alargó una mano envuelta en sábana empapada y me acarició la cabeza.

—Ay, *mujera,* esa inseguridad. Tú y yo hemos de hablar muy seriamente, y éste también quiere decirte algo. ¡Mas no ahora! ¡Ahora, a lo nuestro! Anda, Wendy, pon un poco de orden en nuestras muertes.

Oh, sí, un poco de orden-orden, me dije. Tantas emociones me mareaban.

—Sopesemos la situación —decidí, tomando las riendas de nuestros destinos, al menos por esa noche.

—Si nos cuentas el Barrio tal como lo recuerdas, tú, que estás *fresca* aún y con una tercera versión, la propia de tu experiencia, conseguirás que se ponga en pie.

No me gustó la entonación que Terenci le dio a la palabra *fresca.* Repensando la figura elíptica que me proponían, me sentí como una pescadilla recién enharinada, mordiéndose la cola y lista para pasar a la condición de frita. ¿Me mataron mis propios amigos? Era una pregunta que me había planteado antes, sin que me importara: el asesinato por nostalgia no debería figurar como delito. Otra cosa era que me hubieran liquidado para obtener el dichoso tronco de ouroboros. Aunque, en este caso, ¿su acción no sería el resultado de una nostalgia aún mayor, y por lo tanto más perdonable? La que sentían por el Barrio, y que les había inducido a utilizarme.

—Nuestras memorias —añadió Manolo— se unirán a la tuya, creo yo, en cuanto revivamos, por tu mediación, algunas emociones pertenecientes al tiempo y al lugar de la infancia.

—Y cuando lo hayáis conseguido, ¿qué pensáis hacer? —inquirí, irónica—. ¿Abandonarme por un cadáver más joven?

—¡Nunca Jamás! ¡Nunca Jamás! —gorjearon.

Ahora sé que no me mentían, pero entonces no les creí. Siempre he pensado que las cosas demasiado buenas no duran. Ni siquiera en la Eternidad.

—Está bien, está bien. Os contaré un cuento. Pero antes, ya que me habéis adjudicado un papel *central* —el subrayado casi se arrastró por los infiernos, de marimandona que me puse— en vuestra historia, permitidme que asuma cuanto el mismo conlleva. Dejadme que os diga que vuestra Pos Vida es un desastre. Os disfrazáis cada dos por tres, pero vuestra capacidad para reinventar interiores no os ha facilitado ni un solo entorno acogedor. Criaturas mías, ¿os dais cuenta de que ni siquiera tenéis zapatillas?

—Qué rapapolvo —se quejó Terenci.

—Mujer, visto así —se justificó Manolo.

—Anda, reina, con lo dispuesta que eres —Terenci, zalamero.

—Muy bien. Si es lo que queréis, lo obtendréis con creces. Os fiscalizaré. Convertiré vuestra inmortalidad en un sinvivir. Por ejemplo, ¡esas manos! ¿Cuándo os las habéis lavado por última vez?

Extendieron los brazos, con las palmas hacia arriba, y bajaron la cabeza, como un solo crío.

—No nos riñas, no nos riñas. Por favor —suplicaron.

—¡Hum! ¡Qué barbaridad! —Pasé somera revista al material—. ¡Podéis hacerlo mejor! ¡Estropajo y jabón de sosa!

Manolo esbozó su sonrisa de chinito, la de las sobremesas felices. La fue extendiendo como un biombo, hasta mostrar los últimos molares.

—Qué grande eres y cómo nos comprendes —dijo, mientras yo frotaba las cuatro manos con los susodichos enseres, que aparecieron en mi regazo en cuanto los convoqué.

—¡Es jabón Lagarto! —suspiró Terenci—. La marca predilecta de las torturadoras de mi familia. Nueve de cada diez amas de casa lo usaban cuando yo era niño.

Fanfarrona, atajé:

—Cállate. Cuando se ha convocado una especie de cadalso mezclado con tribuna del Ensanche, y se ha pretendido tratarlo como a un balcón del Barrio Chino, lo menos que hace uno es callarse.

Me repantigué en la mecedora y crucé las manos sobre el regazo, tirando del camisón azul para que me cubriera las piernas.

—Creo que comienzo a gozar de potestades ultrahumanas —sonreí—. He pensado jabón y estropajo, he pensado mecedora y camisón, y aquí me tenéis. Os voy a poner un piso en la Eternidad como Dios manda. ¡Hala! Pijamicas y a la cama, y os contaré un cuento que hará surgir el Barrio junto con el sol del nuevo día que nos espera.

6
¡El Barrio!

Después de que se lavaran los dientes les vestí para el descanso nocturno. Elegí pijamas de franela, que en el Barrio se consideraban un lujo con el que afrontar algo menos desvalidamente los inviernos que manchaban de humedad las paredes. Me tentó concederles sabañones en los dedos de los pies, pero mi bondad innata me lo impidió. Les instalé en camas gemelas. La de Manolo, sin embargo, sufrió un proceso rápido de reformas, ya que:

—Érase una vez... —empecé.

Y entonces una ruidosa mezcla de ladridos, lametazos, carcajadas y chupetones detuvo mi relato. Manolo, sentado en la cama, recibía la visita de sus tres últimos perros —que fallecieron poco antes que él—, y hasta yo me emocioné al comprobar el afecto con que se dirigía a ellos, empleando susurros aplacadores.

He visto a mucha gente ser cruel con los perros. He visto a menos gente ser justa con ellos. Pero he conocido a muy pocas personas que les dediquen el respeto y la comprensión que Manolo mostraba hacia sus canes, como si nunca olvidara agradecer el pacto que los ancestros de estas sensibles bestias suscribieron con el hombre, aquel por el cual los perros dejaron de ser nuestros enemigos y abandonaron la manada del lobo, confiando en que les protegeríamos.

Había en Manolo una ternura no carantoñera. Era la empatía de su inteligencia, ofendida por las traiciones y el dolor que, generación tras generación, han recibido los perros como pago a su lealtad y su amor sin condiciones. Como escritor, Manolo sabía que ni siquiera los diccionarios les hacen justicia. Perro, igual a pérfido, sinvergüenza, traidor, servil, innoble, astuto... sinónimos con que topamos en cualquier volumen cuyos autores se precian de conocer a humanos y a animales.

La mirada de sus perros solía seguir la de Manolo, en vida. Plantados sobre sus patas, a su lado, rastreaban la orientación de esa mirada suya, de modo que, cuando él se asomaba a un ventanal de su estudio, que daba al jardín, y se quedaba con los ojos prendidos en la fronda, los perros enderezaban el hocico como si los pensamientos de su compañero humano fueran ovejas díscolas a las que había que guardar desde la distancia, con prudencia pero sin desmayo, para que regresaran a la casa perfectamente esquiladas y limpias, listas para agruparse bajo los dedos del hombre, en ordenada alineación de imágenes y conceptos, de dudas y razones. Los perros de Manolo murieron para esperarle, pensé al contemplar la escena de su reencuentro. Quizá ya sabían.

Amplié su lecho, feliz con mis dotes mágicas, para que los cuatro pudieran pasar la noche juntos. Sí, muy feliz porque los seis estábamos allí, en el umbral de un Barrio que nos iba a ser devuelto, no sabía cómo ni por qué, ni para cuánto, ni qué vendría después.

Sólo por aquello habría valido la pena morir.

—Érase una vez... —seguí.

—¡Es injusto! ¡Él tiene una cama más grande! —Ahora fue Terenci quien se interfirió—. ¡Y mis gatos ni siquiera están muertos!

Decididamente, hacer de Wendy con aquella tropa iba a resultar algo escarpado. No me arredré.

—Haberlos matado a ellos en lugar de a mí —murmuré fríamente, porque no quería salirme de quicio.

Mi amigo sopesó las posibilidades de replicarme, pero no le dio tiempo. Los perros de Manolo, como interpretando el pensamiento de su dueño, le lanzaron un triple ladrido muy convincente.

—Déjale hablar —dijo el otro—. ¿No ves que nos tiene que ayudar en lo del Barrio?

—Os estáis portando mal. Muy mal-muy mal. Tan mal que os podría castigar, por vuestro propio bien y para que os convirtierais en hombres de provecho el día de mañana. Pero ya lo habéis sido, y fue en el ayer. Así que, ¿para qué preocuparme?

Tomé impulso y me balanceé con tanta fuerza que no me habría sorprendido salir disparada hacia el vacío con mecedora incluida... Recomencé:

—Érase una vez...

Apreté los párpados con fuerza y dejé que vinieran los colores. Primero apareció un resplandor rojo que parecía surgir del horizonte y se ampliaba hasta cubrir la bóveda ocular; luego retrocedió, convertido en un círculo nítido. Verde, azul y amarillo se unieron al rojo, formando tiras. Tiras de charol de colores en mis sandalias. De niña tenía los pies pequeños pero muy anchos y la mayor parte de los modelos de calzado me producían tumefacciones; sólo me resultaban cómodas las sandalias de verano, que estrenaba para el Corpus, siempre el mismo modelo, sólo que un número mayor, o dos, siempre compradas en la misma tienda del barrio, en la zapatería vecina a la farmacia de Sant Pau.

Salí de la perfumería de la calle Robadors con una botella de colonia y otra de brillantina, pero el barniz para las uñas y los polvos Maja de Myrurgia que pedían las mujeres de casa iba a tener que comprarlos en la calle Sant Sadurní, por lo que seguí por Sant Pau hasta Sant Ramon, tantos santos y tantas putas, que decía mi madre —no pienses en ella, o se te aparecerá—, y, ya en la otra perfumería, que era más grande y tenía una sección de artículos de costura, cintas y bobinas de colores vistosos, para las putas y no para los santos, para la ropa interior chillona que ocupaba una parte del escaparate, salió a atenderme el hombre bajito, chaparro, vestido de gris, la nena va a salir más fea que la mamá, decía, ven aquí, deja que toque ese pelo tan suave, a ver, ¿tienes tetitas?

—La vida dura lo que una siesta, nena —dijo entonces mi madre.

Oh, no, piensa en otra cosa, ¿dónde está el conejo? Lárgate con el conejo por cualquier agujero. Los conejos, amontonados en jaulas, en la galería posterior del piso de mi amiga... ¿Cómo se llamaba? Vivía enfrente, en un entresuelo al que no llegaba la luz de la angosta calle. Su madre y ella criaban conejos. El aire de aquella vivienda olía a hierbas amargas y a excrementos, y los conejos, que tenían las pupilas anaranjadas, fruncían el hocico en la oscuridad del tugurio.

Seguí caminando, calle Sant Sadurní hacia arriba, buscando el cine de los sábados y de los días restantes, huyendo hacia la fantasía.

—Derruido, desaparecido, como toda esa parte del Barrio —dijo Manolo, cuyo rostro confiado asomaba entre el gran cojín peludo que los perros habían formado, apretándose en torno a sus brazos y su cabeza.

—La perfumería continúa allí, no sé por cuánto tiempo —informé.

Me acerqué a la taquilla. Mi frente apenas superaba la estrecha repisa de madera, que olía a lejía y que borró de mi memoria las agrias conejeras. «¿Me da una?», pedí. La mujer sonrió: «Es la cuarta vez que vienes a verla. ¿Tanto te gusta?». Pero accedió a entregarme otro pequeño broche de baquelita negra, en forma de rosa. «¿Qué haces? ¿Se las das a tus amiguitas?» La ingenua publicidad, el obsequio de la distribuidora de «La rosa negra» había alcanzado en esta ocasión a la clientela del humilde cine de barrio. No le dije a la taquillera que conservaba para mí cada una de aquellas rosas de pasta, burdamente troqueladas. Eran mis joyas, mis únicas joyas, guardadas en la misma caja de puros que contenía mi tesoro de muñecas y trajes de papel recortables, las estampas con las que jugaba en los bancos públicos, las chapas de gaseosa que prendía en mi solapa antes de que fueran reemplazadas por la rosa negra, todo el glamour de una estrella de la pantalla concentrado en el exotismo de aquella diminuta flor de color irreal.

—¡Lo recuerdo muy bien! —exclamó Terenci—. No es la mejor película de Tyrone Power, por cierto.

Pasé en el cine casi un par de horas, lo que duraba la sesión. Cuando acabé, mis amigos dormían. También los perros.

Salí al balcón.

7
El testamento

Casi todo el trabajo estaba hecho. Viejas fachadas de las casas, macetas, ropa tendida como en las mejores remembranzas, que se movía levemente, plegándose al amanecer.

En las azoteas danzaban farolillos de papel, restos de la última verbena de Sant Joan. Porque iba a ser verano para nosotros, verano incipiente, y seríamos niños, niños en sus peripecias más felices del Barrio, niños como éramos —o como no habíamos podido serlo— cuando aún no nos conocíamos. Al menos, para ese desayuno. Eso seríamos. Niños.

Una granja de leche en la acera de enfrente, una tienda de pinturas como la del padre de Terenci y un comercio de comestibles encastillado entre cajas de madera repletas de mercancía, recién descargada de una de las camionetas que venían del Born y que rompían la mañana con su traqueteo, dejando detrás un rastro de hojas de verduras. El aire olía a melocotones, a cerezas, a manzanas tibias.

Demasiado ideal.

Tendí a un borracho a la entrada de un portal,

dormido a medio vómito, y una mujer que salía de la escalera pasó por su lado sin mirarle. Iba en bata y arrastraba las zapatillas con ese aire de cansancio crónico que transforma a las pasivas esposas en madres iracundas. De su mano derecha colgaba una lechera de aluminio. Cuando abrió la puerta de la granja, una vaharada de leche fresca y estiércol ascendió hasta nuestro balcón, y escuché, amortiguado, el placentero mugido de una vaca que estaba siendo ordeñada en la trastienda.

Traqueteo sobre los adoquines irregulares, ribeteados de boñigas frescas, de las ruedas del carro de la basura tirado por un caballo de crines encrespadas. Interjecciones del hombre a las riendas. Reclamo de un ciego tempranero que ofrecía sus cupones. Repicar de tazas, platos y cucharillas, y el perfumado vapor de una cafetera y su quejido. Una canción de amor, un cruce de voces radiofónicas, el frenazo de un triciclo cargado con revistas y periódicos, la charla de aprendices vestidos con batas rayadas, el golpe seco de las puertas metálicas al ser propulsadas hacia arriba. Carteles en los balcones bajos: médicos especializados en venéreas, academias de costura, se adivina el porvenir, un discreto «Habitaciones» para el cubículo que, en un tercer piso, albergaba trasiegos de putas y clientes.

—Pasaban los hombres y yo sonreía... —canturreé.

Otra visión cruzó sesgadamente mis recuerdos, mostrándome, en un corte vertical, las sombrías viviendas en donde hombres ebrios de impotencia y escasos de libertad se entregaban al desahogo de pegar a sus mujeres; bofetones que las esposas, vengativas, propinaban a los hijos pequeños; peleas entre vecinas. Padres que se largaban y a quienes nadie nunca volvía a ver.

—¿Qué hay para desayunar?

Me volví. Apoyada en la barandilla de hierro, improvisé:

—Pan con aceite y azúcar, y cacao con leche caliente. ¿O los señoritos prefieren otra cosa?

Mucho más tarde, saciados nuestros estómagos, guardábamos un cómodo silencio. La presencia del Barrio —que mis amigos habían elogiado cumplidamente— despertó en mí terrenas nostalgias.

—Decidme —inquirí—. ¿Cómo está mi familia? ¿Y mis amigos? ¿Cómo se lo han tomado? ¿Han sido dictadas ya mis últimas voluntades?

—¿Voluntades? —gritó Manolo.

—¡Voluntades! —aulló Terenci.

—¡Sí, voluntades-voluntades! —me vi obligada a berrear.

—¡Testamento! —ellos, a dúo—. ¡Has hecho testamento! ¿Por qué no nos lo dijiste?

Saltaron de las sillas de mimbre, y yo, alterada por su reacción, salté también. Hasta los perros saltaron, ocupando nuestro lugar y dispuestos a dar cuenta de las sobras del desayuno.

—¿Qué clase de testamento?— insistieron.

Su súbito arrebato les había arrebatado, redundando con saña, la apariencia de niños que iba a ser nuestra divisa de ese día. Se vistieron con seriedad excesiva y yo, a regañadientes, me envolví en un traje-pantalón de estilo informal en lino crudo, que lo mismo sirve para el cielo que para la tierra, para la mañana que para la tarde.

—¿Qué os pasa? Naturalmente que hice testamento. Poseo un piso, con un pico de hipoteca, pero es una propiedad, a fin de cuentas. Nada más por legar. Aparte de eso...

—¿Alguna cláusula en particular? —inquirió Manolo.

—Hombre, lo normal. Incluí el testamento vital. De haberme convertido en un cuerpo vegetativo habría preferido no seguir viviendo artificialmente. Y añadí que, si resultaba tan longeva que daba tiempo a que en España mejorara la legislación, me proporcionaran eutanasia asistida e incluso, y esto es mucho esperar, suicidio asistido. Siempre he sido muy avanzada, y más miedo me infunde la enfermedad que la muerte.

—Calla y no hables de lo que ignoras —intervino Terenci, muy agitado—. ¡Desgraciada! ¡Te has cavado tu propia fosa!

—Dejé escrito que me lanzaran a las aguas de l'Estartit, desde la barca de quien fue mi primer hombre. Allá abajo estarán mis residuos serranos, a los que en días más tardíos se unirán los suyos y los de su familia... Pero ¿por qué este disgusto póstumo? ¿Qué nos importa ya semejante ritual propio de las humanas tribus?

Buscaron desesperadamente un sitio para sentarse, pero se hallaban tan alterados que no supieron convocarlo, y tuve que hacerlo yo, más suelta que nunca en el ejercicio de mis artimañas olímpicas.

—Más vale que nos calmemos. Éste es el lugar idóneo, en primavera y al atardecer —dije, invitándoles a tomar asiento en la terraza del Café de la Ópera, frente al Liceo—, mientras vemos pasar a la gente por la Rambla, lo cual siempre resultó un entretenimiento de primera. En verdad que estar muerto es un chollo. ¡Los años setenta, en Barcelona! Imagino que os habréis dado cuenta. Por ahí va Ocaña... Todavía no era conocido y vendía perfumes por las mesas. ¿Le llamo?

—¡Ay, mísera de ti! —clamó Terenci, haciendo caso omiso y elevando las manos como quien pone a los dioses por testigo—. ¡Ay, *infelice*!

La proximidad del Liceo le ponía lírico, supuse. Le agarré una mano, que tenía helada, y sonreí, intentando aliviar el pésimo ambiente.

—*«Chè gelida manina, ti la voglio riscaldar.»*

Pero se soltó, lanzándome una mirada furibunda.

—Díselo tú, Manolo —mascullló—. Que a mí se me está atascando el repertorio. ¡Cuánto infortunio!

Llamé al camarero y ordené, más Wendy que nunca:

—A ver, esos deliciosos productos de la chufa, aquí los quiero. Es cosa de que la horchata les aclare los rumiares a este par de congéneres.

Bebimos con sobrenatural avidez.

—¡Qué rica! —se relamió Manolo—. Fíjate que ya no me acordaba de su sabor.

—Con un chorrito de ginebra sabe incluso mejor —le informé—. Eso lo aprendí cuando viví en Madrid, junto con otras muchas cosas interesantes.

Terenci permanecía en silencio. Pasó un minuto antes de que volviera a quejarse:

—¡Era de temer! ¡Esta burra y sus ideales progresistas, que por otro lado comparto, pero no para ella! ¡Ha hecho testamento vital, la desgraciada! Ni siquiera te despedirás cantando a lo grande, cual tuberculosa, como *La Traviata,* o esa Mimi de *La Bohème* que evocabas. No hay ninguna protagonista de ópera en coma. Haylas tuberculosas, y hasta malheridas y, mientras se arrastren, se les permite entonar sublimes arias. Mas no en calidad de comatosas. Y es lógico, pues no hay anticlímax peor para un final grandioso que el que interpretan una soprano entubada y un tenor que llora como un ternero, arrodillado a su cabecera. Las comatosas sois muditas. Ni *Addio del passato* ni hostias. Te desentubarán, y no podremos evitarlo.

—¿Quién es el burro ahora? —le reprendió Manolo—. Vaya manera de comunicarle la noticia.

Continuaron discutiendo, pero no les escuchaba, ni siquiera les oía. Intentaba asimilar. Trataba de ver la luz.

Vestida con un impresionante conjunto de lino crudo, en el atardecer de la Rambla, en los febriles años setenta, ¡me enteraba de que, a comienzos del tercer milenio, me había quedado en coma!

—Entonces, ¿no he muerto? —pregunté, lo que me retrotrajo al amanecer de este relato, pero con significado opuesto.

Negaron con la cabeza, incapaces de pronunciar palabra. Con decir que a Terenci se le había olvidado hacerse crecer pelo. En cuanto a mí, a juzgar por su expresión —no se atrevían a enfrentar mi mirada—, debía de tener el aspecto de la Medusa.

—Entonces —insistí, sin que me importara repetirme en adverbios de tiempo—, ¿no me matasteis? O, si lo hicisteis, ¿la cosa fue mal y quedé postrada?

—Amiga nuestra —dijo Manolo—, en diversas ocasiones has insinuado semejante posibilidad, y hemos hecho como que no te oíamos porque sólo un desvarío temporal pudo haberte inducido a pensar eso de nosotros.

—Pensé que me añorabais tanto... que me queríais tanto... ¡Menudo chasco!

Sollocé sin que me importara mojar el lino, ni que me contemplaran con asombro los figurantes que, riada arriba, riada abajo, paseaban por aquel tramo de Rambla. De buena gana les habría volatilizado, tal era mi rabia, pero no me atrevía ni a moverme. Saberme viva, y en un Allá Debajo de cuyas exigencias me creía ya dispensada, me espantaba.

—No seas tonta, *mujera.* Nuestro cariño no es de los que matan, sino de los que ayudan a vivir.

¿O no era eso lo que tú proclamabas en tus días de duelo? ¿Que sin nosotros tu existencia carecía de alicientes?

—Por otra parte —terció Manolo—, hay esperanzas. Te mantienen enchufada a una máquina y los médicos se muestran pesimistas, pero en nuestro aventajado hábitat actual hemos consultado con no pocas eminencias difuntas y aseguran que existen grandes posibilidades de que te recuperes en condiciones satisfactorias.

—Eso ocurriría —le cortó Terenci— si no hubiera dejado atrás el maldito testamento. Por cierto, ¿dónde lo guardaste? Nadie da con él. Aunque no tardarán en hacerlo, ¡en mala hora!

—Lo metí en el diccionario María Moliner —dije—. Pasaba por una etapa depresiva, así que lo coloqué entre la M de menopausia y la O de osteoporosis. Segundo tomo.

Terenci lanzó un suspiro de alivio:

—¡Acabáramos! En estos tiempos no hay quien se interese por consultar un diccionario, y mucho menos de tomo y lomo. Lo más que miran es Internet. Con suerte, a los libros sólo les pasarán el plumero y, entre tanto, nuestra comatosa volverá en sí.

—No sé. —Manolo no parecía convencido—. A veces alguien lo hace. Consultar diccionarios impresos, quiero decir. Sea como fuere, se esfumó el alegre disfrute del Barrio que nos habíamos propuesto. Hemos de intentar por todos los medios a nuestro alcance que ese maldito testamento desaparezca. Esta mujer tiene todavía unos años de vida por delante. Y no olvides, Terenci, que cuando la trajimos con nosotros no sólo pretendíamos que nos ayudara a completar nuestros recuerdos. Nos incumbe otra misión.

Me miró con ternura:

—O, como tú dirías, otra misión-misión.

—Me siento muy bien aquí, gracias. Muerta, con vosotros. Llevaba una vida de mierda, no os falta razón.

Manolo se levantó, consultando la hora en su reloj biológico.

—Vamos al cine. Nos relajará.

—Vale —aceptó Terenci—, pero me dejas escoger a mí. Por lo menos, una de las dos. Y sin No-Do, ¿vale?

Se apresuraron y no me quedó más remedio que imitarles. Ni siquiera se volvieron para confirmar que les seguía.

8
Cine con cerveza

—Cuánta razón tenías, Manolo —comenté—, cuando escribiste, lo recuerdo con exactitud, que «el paseo por esta ciudad, esta concreta ciudad, significa recorrer la geografía del tránsito». Henos aquí a los tres, sorteando el tráfico del viejo Paralelo fantasmalmente, en pleno tránsito mortal. Yo, un poco menos que vosotros, según me habéis narrado, y lo lamento.

—¡Mirad, tranvías! —se encandiló mi amigo—. No nos pueden atropellar. ¡Atravesémoslos!

Terenci, travieso, se lanzó el primero. Y cruzamos con nuestros cuerpos astrales uno de aquellos armatostes eléctricos que algún día, más sofisticados, regresarían con su elegante simplicidad a las ciudades europeas mejor urbanizadas.

—¿Lo veis? ¿Podría realizar semejante prodigio de no estar prácticamente muerta, lista para quedarme, valga la paradoja, viviendo con vosotros? —afirmé, más que pregunté, cuando alcanzamos, riéndonos, la acera de la antigua Cervecería Damm, la de los años cincuenta, con cine al aire libre en la terraza superior.

Se encendían las luces de las farolas pero el cielo aún aparecía malva y, pinzada entre esos dos resplandores, se extendía la serpentina de locales teatrales y carteles realzados con bombillas anteriores a los anuncios de neón.

Recuperamos la niñez. Nos hicimos con una mesa bien centrada, ya que era ficticia, muy cerca de la pantalla, en donde pronto las estrellas de Hollywood competirían con las que brillaban en el cielo, sobre nuestras cabezas.

—¿Algún pervertido quiere gaseosa? —inquirió Manolo.

Era un niño regordete y serio, vestido en tonos agrisados, los de aquellos tiempos, y había dejado una cartera de plástico marrón sobre el velador cuya superficie de mármol, rajada y bordeada de chapa metálica, contribuía no poco, con su olor a cerveza añeja, a reproducir el ambiente de la época.

—¿Qué escondes ahí, Manolo? ¿Deberes? —señalé la cartera.

Yo había elegido un vestidito de viscosilla a cuadros escoceses rojos y verdes, con falda tableada y peto blanco de puntillas. Me tiraban las trenzas, como siempre que me peinaba mi madre, pero aquel ligero dolor me parecía muy soportable, casi una alegría. Para compensar, los zapatos de charol que en vida tanto me atormentaron me sentaban como guantes de seda, y tampoco me *comía* los calcetines.

—No —respondió Manolo—. Son los recibos

de seguros de vida y alquiler del nicho que voy a cobrar los domingos, de puerta en puerta, para ayudar a mi padre.

—Fijo que pasabas por mi casa. Otra cosa no, pero los pobres pagan el entierro religiosamente desde que tienen uso de razón...

—¡*Òndia*! ¡Te veo de niño, y creo que te recuerdo de venir a la mía, a cobrarle a mi padre! —exclamó Terenci, rascándose los muslos a través de los pantalones blancos. Se había empeñado en vestirse de Troy Donahue universitario, con un jersey de perlé trenzado que lucía una gran H azul marino en la pechera: por Harvard.

—Y henos aquí a los tres —intervine, pomposa—, unidos en el tránsito final del que escribiste con acierto.

Manolo se impacientó.

—No me refería a este transcurrir, sino a la geografía de los tránsitos políticos. Si me permitís que me autocite, me satisface el párrafo: «... y de vez en cuando una maleta, una muchacha que corre, un reguero excesivo de hojas muertas o de brotes de flores rojas, indican que la esperanza, es decir, el deseo, es decir, la historia, crece entre las destrucciones, como los jaramagos, plantas tenaces donde las haya».

Nos quedamos más transidos aún, ante tanta sabiduría.

—Regresa, amiga —dijo Manolo—. Aquello todavía vale la pena. En cuanto nos veamos las pelis y nos trinquemos las cervezas con unas almendritas saladas, echaremos toda la carne en el asador y nos lanzaremos a tu rescate para la vida real.

Terenci se sacó del bolsillo un puñado de programas de cine de vivos colores, y los extendió sobre la mesa.

—Yo empezaría por un musical de Betty Grable y remataría con aquella de Don Ameche, *El Diablo dijo no*, también dirigida por Lubitsch, santo patrón de nuestra reunión en el Paraíso. Fue la última película completa que rodó, el pobre, y ya tuvo un ataque al corazón mientras organizaba aquel infierno en colores pastel, tan exquisito como su conocimiento de los agridulces senderos del amor.

—Pues mira, sí, me apetece —asintió Manolo—. Una de buenas piernas y otra de talento. ¿Quién da más?

Sorbí la cerveza con fervor, e hice lo posible para que su sabor me sorprendiera, porque a los diez u once años ni siquiera una adelantada como yo había probado el preciado líquido inventado por los egipcios. Y no quería recordar mis cervezas posteriores. Quería experimentar el primer sorbo, el primer aroma, la primera espumilla pegándose a mi nariz.

—Mmmmm —me relamí—. No deseo irme de este lugar, sea lo que sea. La cerveza, el café, las castañas y la vida saben igual que huelen. No como ahí abajo, en donde la realidad todo lo estropea.

—Quien se autocita, con algunas modificaciones, eres tú —dijo Terenci—. Y sólo para hablar de lo que no sabes. No sabes lo que es morir. De modo que chitón. ¡Tú no abras la boca hasta que meen las gallinas!

—Anda, eso lo solía decir mi madre —comenté.

—Y la mía —añadió Manolo—. Todas las madres del Barrio compartían un vocabulario similar.

—¡Qué gran título se me ocurre para un libro que nunca escribiré! —se extasió Terenci—: ¡«Todas las madres de Tebas»!

—¡Chissssst! ¡A ver si dejáis de darle a la sinhueso, maleducados! ¡Callad o daré parte al camarero y os detendrán por delincuentes juveniles o rebeldes sin causa! ¡A vuestra edad, bebiendo cerveza, habráse visto!

La bronca procedía de una voluminosa señora, sentada a la mesa de atrás y acompañada por un marido resignadamente mineral.

Nos echamos a reír. Era fabuloso. Habíamos convocado a una auténtica matrona del Barrio.

Varias horas más tarde, todavía con las imágenes de la elegante antesala del infierno en la retina, renové la defensa de mi postura.

—Podéis pensar lo que queráis —expuse con firmeza— pero, si de mí depende, no vuelvo, no vuelvo, ¡y no vuelvo! ¿Estáis locos? ¿Otra vez a sufrir? ¿Otra vez a penar? ¿Para qué? ¿Para finalmente palmarla, y a saber si entonces os localizaré, dado que los pasadizos de Por Acá resultan tan evanescentes? ¡Hagamos que me desenchufen! ¡Y corrámonos después una buena juerga!

Terenci me pasó el brazo izquierdo por los hombros y me atrajo hacia él.

—¿Cuánto tiempo hace que vives sin que nadie te haga daño? —preguntó.

Me pareció una extraordinaria indiscreción, viniendo de un muerto. Siguió:

—¿Sin amar, sin dar, reservándote, momificándote, amojamándote por dentro?

Me volví hacia Manolo. Asintió con método, una cabezada tras otra, mientras sostenía con el índice las inexistentes gafas.

—¿Crees que el destino del cirio que no arde es mejor que el del que se consume? —continuó Terenci—. Simplemente, no da luz. ¿Cuánto tiempo hace que no te arriesgas, que no te la juegas? ¿Eras o no una aventurera? De eso presumías, al menos, cuando te entrevistaban. ¿Crees que el hecho de envejecer te autoriza a traicionarte? ¿Crees que puedes permitir que la traición a ti misma te autorice a envejecer de la peor manera?

Me alcé cuan alta era, que era poco, pues seguíamos en la infancia —no obstante lo inapropiado de nuestra conversación—, aunque nuestros atuendos habían cambiado por completo, convirtiéndonos en tres niños victorianos de entre once y doce años, vestidos de lo más andrajoso.

—Fui una cronista que creó estilo, fui una todo terreno del periodismo, una escritora potable, una mujer admirada y seguida... Fui, fui, fui, fui... ¡Tertuliana y conferenciante! Si levantaba el teléfono, tenía con quien salir de día y de noche...

Manolo se incorporó, deshaciéndose de la mesa con un ademán enérgico.

—¡Se acabó Peter Pan! Basta de fábulas. —Manchas de sopa ensuciaban la pechera de su bata de colegio—. Recurramos al viejo Charles y similares.

Terenci sonrió con la cara llena de pecas, enmarcada por una cascada de bucles rojos: era Annie, la huerfanita. En el musical de Broadway, naturalmente.

—*«¡Tomorrow, tomorrow!»* —cantó.

—Se acabaron los mañanas. Vayamos al ayer —propuso Manolo—. Al fantasma de la Navidad, o mejor dicho, al de la Nochevieja del ayer.

Me contempló significativamente. Lo cual significa que me contempló-contempló. Con intención. Sabía a qué Nochevieja se refería.

Retrocedí, secándome el sudor de las manos con mi mugriento faldón de delantal de criatura explotada en los muelles del Támesis, a finales del siglo diecinueve.

—¡Es una trampa asquerosa! —sollocé—. Si no te hubieras muerto, Manolo, mis Nocheviejas habrían seguido transcurriendo en tu compañía y la de nuestros amigos. ¡Tuviste que marcharte, dejándome plantada!

—*Nena, no fugis d'estudi* —intervino Annie—. O, como dirían en la lengua de Corín Tellado, no te vayas por los cerros de Úbeda, o no salgas por peteneras.

—¡Vaya otro! ¡Tú te largaste el primero, dejándome sin aquellas fiestas de cumpleaños que ofrecías la vigilia de Reyes!

—Callaos y echemos un vistazo.

El fulgor de las estrellas nos envolvió.

9
El espejo

Créanme. Existe algo más humillante que morir. Y es morir a medias, reencontrarse en el Otro Mundo con dos amigos del alma, ser feliz por ello, y que tales seres, con su inteligencia superior y su mayor experiencia de la muerte, hagan juegos malabares para devolverla a una al puto mundo real. Para arrancarme de su compañía y entregarme a la soledad.

En cuanto se disipó el engañoso polvo de estrellas que nos nimbó a modo de interludio, supe que se habían confabulado contra mí y que, en su afán de que aceptara mi regreso a la vida, estaban dispuestos a valerse de los más rastreros trucos de su —nuestro— oficio, acorralando al personaje hasta obligarle a asumir la historia imaginada para él. No había huida posible. Pero yo no era una criatura de ficción. ¿Lo era? Y en caso afirmativo, ¿de qué ficción? ¿La de mis amigos?, ¿la mía?

«Ay, que les veo venir», me dije.

No me prepararon la navideña escena dickensiana cuya moraleja —arrepentimiento del protagonista y firme propósito de enmienda, tras contemplar desde la perspectiva del castigo sus malas acciones del ayer—, a fuer de repetirse hasta la saciedad, resulta ineficaz e incluso entrañable, que es lo peor que le puede suceder a una lección moral. No, no convocaron para mí un cuadro de ficción victoriana en el que yo, como una señorita Scrooge algo más animosa y lozana que la versión masculina original, me enfrentaría a mis errores y mezquindades, entre un arrastrar de herrumbrosas cadenas y un crujir de monederos falsos, y, como consecuencia, comprendería cuán injusta había sido mi conducta para con los demás, etcétera.

Tampoco me hicieron regresar, como había temido, a mi última Nochevieja, a la cena de mujeres —que ni siquiera eran amigas mías— que celebramos en un restaurante medio vacío, para fantasear con un futuro cautamente tutelado.

Escritores como eran, incluso muertos, mis amigos adaptaron para mí algo infinitamente más terrorífico, tanto en el aspecto humano como en el literario, dentro del repertorio más recurrente del género atormentado en primera persona del singular.

¡Un monólogo interior!

Ellos, en quienes deposité mi confianza hasta el punto de querer dar la vida —o los tubos que me ataban al mundo— para continuar a su lado, me reservaban un encontronazo con mi más temida criatura de las tinieblas. La introspección. Esa zorra.

Un enemigo a evitar, cuando se ha alcanzado mi edad. Lo sé muy bien. He pasado años cribándome el cerebro a mechones —es el cerebro lo que duele, no el corazón; el cerebro es el único órgano capaz de segregar melancolía—, y después de no poco descalabro había alcanzado, allá en la tierra, la sensata conclusión de que es inútil darle tanto al tarro.

Cuando se aparenta lo que no se es, y eso es lo único que los otros creen que eres, y hasta te felicitan por serlo, y te vas quedando sin gente cercana con quien compartir los tablones del naufragio... ¿Quién necesita meditar? No mientras agonizo.

El gran error de la madrastra de Blancanieves fue situarse delante del espejo planteándole al muy canalla preguntas que podía haberse contestado por sí misma. ¡Todavía con esperanzas, a su edad, todavía compitiendo con la mema de su hijastra! A medida que transcurre el tiempo y el paisaje al que pertenecíamos se desmorona y los seres a quienes amamos mueren —pues envejecer sólo aporta dos malas noticias: o cascas tú o la palman los tuyos—, se aprende a desaprender. Lo primero que desaprendemos es ese cuento de la superioridad de la vejez sobre la juventud. Esa fanfarronada de dar las gracias cada mañana por estar viva, de conformarse con lo que trae de bueno el nuevo día: una mierda. La aprendí y la desaprendí y no sentí que perdía más de lo que ya había perdido. Por eso soy, en el fondo, una mujer muy triste. No porque añore mi juventud, sino porque he vivido los últimos años negándome a admitir cuánto echaba de menos lo mejor de la juventud, que es la esperanza.

Ese inmenso territorio todavía por arar. ¿Cuál es la esperanza de los viejos? ¿Arrancarle una propina al Tiempo?

Mas... mas... pero... sin embargo...

¡No! ¡Más! ¡Es un más con acento, un más como el universo entero, lo que sale de mí en este instante! Un momento. ¿De mí? ¿Sale de mí esta inesperada urgencia de algo que no sé nombrar? ¿Hablo con mi voz o lo hacen por mí ese par de druidas espaciales, empecinados en salvarme? ¿Salvarme del comatoso lecho o salvarme de mí? No puedo verles pero les siento próximos, atentos a mi deshilachado monólogo.

¿Más?

En el supuesto de que despiertes Allá Abajo, de que este paseo por la Eternidad sea una «estancia entre nosotros» —así la habían llamado cuando hablaban a dúo y telepáticamente—, en lo que se refiere a Tener no puedes pedir más. Seguridad económica, un piso, un perro, ingenios electrónicos y cibernáuticos, abalorios ornamentales... Un nombre reconocido, lectores, la suerte de expresarte, de escribir. Cuando lo haces sobre tus cobardías o ansiedades, duele (tocas nervio y eso rechina), pero luego publicas, sales de gira y te lo pasas bien, te tratan como a una rica heredera y el baño de ego te deja lo bastante atontada como para continuar escribiendo sin preguntarte qué o quién te queda. Eso, si la fortuna no se empeña en que detengas el paseo promocional para asistir a las honras fúnebres de algún ser querido.

Posees cuanto has enumerado, lo poseías. O te poseía. Tienes o te tiene. ¿Qué significa esta superlativa exigencia de Más y Más?

¿Más garantías de permanecer en la Eternidad junto a mis amigos? No es por ahí... ¿Más vida terrena como la que se ha interrumpido? No, eso sería desquiciado. ¿Más amor, más compromiso, más sufrimiento? Ah, no, olvidadme. No envejeceré escuchando rancheras.

Empiezas por enumerar tus posesiones y más pronto que tarde te asaltan tus carencias.

Más... Más... Más...

Entonces apareció el espejo. Pero yo, que no soy Faulkner usando los monólogos, tampoco me parezco a la madrastra de Blancanieves cuando me ponen un espejo por delante. Y sé que existen preguntas que no hemos de pronunciar e ilusiones que han de permanecer bajo tierra.

Me acerqué. Era un espejo grande como la boca de un túnel, rodeado por una moldura barroca cubierta de pan de oro y nimbada por querubes. Respondía a las exigencias de Terenci, atento a que la intimidad suprema de mi desgarro adoptara un marco sólo comparable a los almacenados en liceísticos arcanos.

Observé a la mujer que me observaba y supe que entre las dos íbamos a parir una palabra decisiva.

Las letras se deslizaron como riachuelos por el interior de mi cabeza, hasta cuajar en mi aparato reproductor de sonidos, gotas de mercurio que se alargaban y encogían para tallar el verbo en modo subjuntivo. El verbo se apretaba contra la barrera de lengua, dientes y labios cerrados que le impedía respirar. Sentí que cada fonema, ahora firmemente agarrados el uno al otro, como si temieran la dispersión, pugnaba por salir y por existir más allá de mí, como parte de una palabra que, al ser pronunciada, se convertiría en locomotora de la amplia acción que anticipaba. Daban tantas patadas, las letras del verbo al que yo me debía, que no tuve otro remedio que abrir su prisión.

—¡Aventurarme! —grité. Y repetí—: Aventurarme.

La palabra se dibujó en la superficie del espejo, como si alguien la hubiera trazado con el dedo sobre un velo de vapor. Cuando éste disminuyó, Manolo y Terenci me flanqueaban en el azogue. La palabra, escrita en diagonal, me cubría el rostro casi por completo.

—¿Lo ves, burra? —dijo Terenci—. ¡Has de regresar! ¡Te queda mucho por hacer!

—No necesariamente —respondí, tozuda—. No es contradictorio. Preciso aventurarme, lo acepto. ¿En dónde mejor que aquí? Alfombras mágicas. Amigos de ayer, de hoy y de siempre. Volver a ser niños, adolescentes, jóvenes, pero sin verme sometida a terrenas pasiones. Tú mismo lo anunciaste, vestido de Sabú: «¡Diversión y aventuras, por fin!». Eso sí que sería un sueño.

—Hablando de sueños. Valorando las condiciones objetivas —intervino Manolo, con frialdad—

nos queda muy poco tiempo para que concluyas el tuyo y ocupes de nuevo tu cuerpo.

—No digas eso, por favor, y no lo digas así, como si no te importara. Me duele, no quiero dejaros. ¿Qué será de mí? Me quedo con vosotros, ésta es la mejor aventura que puedo desear.

—Cuca, no se lo tomes en consideración, ya sabes que éste, cuando se emociona, se pone adusto —le disculpó el otro—. Es su forma de defenderse. Pero su bondad es más profunda que la nuestra.

—Cierto —dije—. Posee un temperamento solidario y justiciero.

—Dejaos de gilipolleces —cortó el aludido—. He estado conversando con una señora que vivía en tu barrio más reciente, y que ha irrumpido en Este Mundo con una información de primera. Dice que, mientras la trajinaban en el furgón, vio salir de tu portal a una chica de unos veintitantos, alta y atractiva, que llevaba una bolsa cargada con tus diccionarios.

—¿Desde el coche fúnebre vio eso? —me sorprendí.

—Algunas comadres —observó Terenci— mantienen al morir las mismas dotes de fisgonas que las adornaron anteriormente e hicieron de ellas temibles portadoras de rayos X en las pupilas.

—Dinos —me urgió Manolo—, dinos sin dilación si hay alguien en tu entorno más inmediato lo bastante leído como para buscar palabras en los diccionarios.

Retrocedí, ofendida.

—Muchos leen en mi familia. Entre el círculo de mis colaboradoras y amistades, la lectura es un elemento de primer orden, y un libro puede cambiar una vida, como bien sabéis, aparte de que leer es conocer y conocer es amar.

—Reina, deja el refranero editorial y canta —me instó Terenci—, que como no te podamos salvar nos vamos a quedar el colega y yo más amargados por la Eternidad que las hijas de Bernarda Alba.

—¿Esa chica sólo se llevó diccionarios?

—Sí. Sí. Hizo una corta visita a tu piso, después de pasar unas horas contigo en el hospital Clínico y de hablar con los médicos. Mantuvo una conversación con la portera, que también escuchó la vecina, y le prometió que cuidaría de tus palabras hasta que te pusieras buena.

—¿Mis palabras?

—Nuestras palabras —aclaró Manolo—. ¿No lo entiendes? Las palabras que usamos los escritores y que los diccionarios guardan para nosotros. Es un detalle emocionante.

—¡Paula! ¡Es Paula! —Me eché a reír—. ¡Le encantan los diccionarios! Eso es quererme, llevarse mis palabras para protegerlas.

—Y te quiere tanto que hará que te desconecten en cuanto dé con tu testamento —acotó, pensativo, Terenci—. ¿Cómo es ella?

—Científica. Va a ser investigadora, aunque está en la fase de entregarse a la medicina pública en esa cámara de tortura para médicos internos residentes que puede resultar Urgencias. Talento, sensibilidad, alegría de vivir, compromiso... Se va por las selvas a montar dispensarios, lo cual no le impide salir de marcha cuando se lo pide el cuerpo, es culta... Cuando era niña solía llevarla a la librería Antonio Machado. Se metía en la sección infantil y salía con carretadas de libros. Hasta que un día se dirigió a una estantería y eligió las obras de Shakespeare. No había cumplido los trece años.

—Eso que nos cuentas es muy inquietante —comentó Terenci.

—Hummm. Hummm —Manolo, lacónico.

Tenían razón.

—Si descubre mi última voluntad se empeñará en ejecutarla —resumí—. Porque es científica y por respeto a mí. Convencerá a mi familia, hablará con los médicos, pondrá abogados de por medio... Intentará evitar que pierda la dignidad, qué delicia de niña.

—Calla, tonta. —Terenci me sacudió por los hombros—. Ignoras que nosotros hemos recibido un soplo, de muy buena fuente. Allá Abajo, los médicos conciben serias esperanzas sobre tu despertar. No sufrirás secuelas, ni psíquicas ni físicas.

—¿Y quién os lo ha dicho?

Ahora respondió Manolo:

—Alguien de suma confianza. El doctor Andreu, el de las pastillas y el jarabe.

Iba en serio, pues. No se duda de la información de un médico de los de antes, cuyo invento curaba la tos de los niños pobres —antesala de una posible tisis— y de los pobres niños, aunque fueran ricos. Siempre sentí preferencia por la farmacia modernista del doctor Andreu, sita en la calle del Carmen, adonde iba con mi madre cuando me atacaban la bronquitis invernal o el asma primaveral.

—¿Dónde vive Paula? —preguntó Terenci.

—En Madrid.

—Pues ya podemos cubrirnos con algo adecuado, porque allá nos vamos —dijo Manolo.

—¿Podríamos llegar vestidos de pubillas catalanas? —propuse—. Sería un puntazo, de cara a las relaciones públicas para mejorar la convivencia entre autonomías.

—Sugiero que no es práctico —rechazó Terenci—. Aunque vamos a Madrid-Madrid, a la realidad-realidad, a día de hoy, sin fantasías ni ficciones, nadie nos verá. Nuestros cuerpos serán un enigma. Y el traje de pubilla, aunque regio (en especial si no cargas con el cojín de hacer encaje de bolillos), no es adecuado para las búsquedas. ¡Qué rabia, carecer de influencia material! Pues no podemos mover objetos, ni ocupar cuerpos, ni siquiera estimular el vuelo de una patata chip por entre las frondas del Retiro.

—Nos queda el cacumen —nos animó Manolo, dándose golpecitos con los dedos en la frente—. La Feria del Libro, en la que tú te derrumbaste, continúa en su arbóreo esplendor, con gran éxito de público y de ventas.

—¿Somos los primeros en las listas? —inquirió Terenci.

—¿Y eso qué importa? Somos eternos —respondió Manolo—. ¿Te parece poco?

—A mí me gustaría darme un paseíto, incluso visitar el lugar de autos, me refiero a la carpa en donde perdí el conocimiento y —sonreí— os recobré a vosotros. Lástima que no podamos manifestarnos físicamente. Me encantaría firmar mi obra y comprar unos cuantos libros.

—Pasearemos sin que nos vean, si eso te place —prometió Terenci—. Aunque ignoro qué tiene que ver la Feria con nuestro propósito, como no sea hacernos perder el tiempo.

Manolo se mostró animoso:

—Hay mucho escritor muerto que vaga por allí. Seguro que alguien nos echa una mano.

Terenci sacudió la melena roja —recordemos que todavía era Annie, la huerfanita— y comentó:

—Cosa del marxismo residual. Increíblemente, éste aún conserva restos de fe en la humanidad.

10
En Madrid

—Nuestro plazo se acorta —se agitó Manolo—. Tu Paula puede haberle hincado ya el diente al María Moliner. Esa chica es muy inteligente y curiosa, según nos has contado.

Su intención —ya estaba listo, otra vez bajo la apariencia de Carvalho detective, lo más conveniente para la investigación que teníamos por delante— era que nos saltáramos el entremés de la selección de atuendos para realizar el viaje. Ni Terenci ni yo deseábamos transigir. «¿Qué me pongo para ir a Madrid?» había sido uno de sus episodios vitales favoritos. Terenci adoraba Madrid y lo que más le gustaba era alojarse en el Ritz durante la promoción de un libro. En el restaurante del hotel se reunía para cenar con Antonio Gala, gran amigo suyo. En cuanto a mí, había vivido en Madrid en tantos barrios, y durante tanto tiempo, que me tomaba muy en serio el evento de vestirme para regresar en espíritu.

—No le hagamos caso —decidió Terenci. Y se volvió hacia el otro—: Manolo, si nos impides enjaezarnos a nuestro capricho no te invitaremos a comer en La Ancha.

—No os preocupéis por Paula —les tranquilicé—. Mi niña se pasa la jornada haciendo turnos en Urgencias. Pienso que os alteráis en demasía, sobre todo tú, Manolo, no sé si por tu solidaridad habitual o porque ya te he producido hartazgo *post mortem*.

—Por primera vez desde que nos hemos reunido vamos a trabajar con el reloj —se señaló la muñeca y, en efecto, se había hecho con un Festina rectangular estilo años cuarenta de lo más elegante—. Nos hemos habituado a que un segundo valga un universo y un universo, un segundo. Tic-tac, tic-tac. Hemos de controlar. De lo contrario Paula abrirá el diccionario.

—Tiempo, tiempo, tiempo... —recitó Terenci, mientras aprovechaba el espejo del capítulo anterior para probarse un buen surtido de rutilantes prendas—. Por eso a mí me tiraban tanto las pirámides de los antiguos egipcios, cuyo tema central no era la Muerte, sino ese único Dueño de cuerpos y ánimas, el Tiempo. Nena, si tienes ocasión de regresar al augusto Egipto, que sé que no te llena mucho, no olvides situarte ante los sagrados monumentos como la mujer experimentada, hasta en el Más Allá, que serás entonces: y siente el inmenso peso del Tiempo, que las pirámides representan con silenciosa potencia. El Tiempo es un reloj con un cocodrilo dentro, no lo contrario, aunque lo escribiera Barrie. Nos creemos un capitán, manco (*ergo*, mortal, incompleto), es cierto, pero que puede decidir cómo manejar su garfio, es decir, su vida, en la lucha contra el inevitable final. Hasta que comprendemos que es el Garfio quien dirige la acción, que ha estado ahí desde el antes, conduciéndonos hacia nuestro destino como la obstinada aguja de una brújula, cómplice de las inclementes décadas. No hay capitán, no hay nave, sólo un inmenso océano, minado por tantos relojes como humanos sinos se dan en la tierra. Y, cuando menos lo esperas, te rodean tíos y tías en bata blanca, respiras con la ayuda de una máquina y careces del menor control sobre tu cuerpo. Algunos tenéis, como tú, *mujera,* una segunda oportunidad que actúa como despertador, y no sólo literalmente, de la conciencia. Si estuviera en tu lugar no la desaprovecharía. Mas, ¡basta de intensa cháchara! ¿Qué tal me cae este abrigo de cuero a lo Helmut Berger? Con unas polainas sado-maso...

—Hombre, a mediados de junio y en Madrid... Puede que caiga algún chaparrón providencial, pero probablemente hará calor.

—No vamos a notar nada. No somos seres vivos. Y esta prenda me tentó de tal manera desde el escaparate de Gonzalo Comella hace unos años... ¡Hagámoslo a la manera del Paraíso!

—En ese caso... —medité—. Una de mis frustraciones de cada Feria —dije— era no poder firmar y comprar libros y leerlos, todo a un tiempo, tumbada en el césped, vestida de pastorcilla de Lladró, mientras por el paseo central del Retiro transitaban Paquita Rico, vestida de María de las Mercedes y Vicente Parra, como Alfonso XII. Ella, tosiendo, y él, sujetando con fuerza el sable, para que no se le soltara la plumaza. Como fantasía, es el colmo de lo cutre-sensiblero-intelectual. Pero resulta tan incómodo como el traje de pubilla.

Me decidí por un vestido de algodón floreado, unas sandalias y las uñas de los pies impecablemente pintadas con esmalte rojo sangre.

Con las manos en los bolsillos, Manolo se echó a reír.

—¿Y esas carcajadas? ¿Es mofa o befa a costa de nosotros? —inquirí.

—No. Es pura simpatía. Cuando os ponéis tan locazas me matáis de la risa. Será por lo que me reprimí siglos atrás, en el Comité Central. ¿Puedo pediros un favor?

—Sí, vamos, suéltalo —dije.

—¿Os molestaría que lleváramos con nosotros a los perros? Como sabuesos no son gran cosa, pero no quisiera dejarlos solos.

—Ay, mi amigo. —Le abracé—. Nuestra invisibilidad garantiza que podamos retozar con ellos en la realidad-realidad sin vernos sometidos a las vejaciones terrenas de quienes detestan a los animales.

Poco después nos instalamos —los canes también— en torno a una mesa de La Ancha, de la calle Zorrilla. Allí me entrevistó Manolo, en otra época, para su libro *Un polaco en la corte del Rey Juan Carlos*. Poco antes me sometí a una limpieza de dentadura, para lo cual solía requerir anestesia; de haber sabido que iba a finiquitar en coma e insensible, habría preferido aguantar despierta los aparatos con que los odontólogos gustan de practicar sus torturas. Dioses, ¿es posible que experimentara Nostalgia de Dentista? ¿Sería tal extraño comportamiento síntoma de mi pronta reavivación? Recuerdo que a aquella cita con Manolo acudí con una parte del rostro completamente insensible y los labios pintados como el Joker de *Batman*. Mi amigo me encontró picassiana y añadió, amablemente, que la desfiguración me quedaba muy sexy.

Sumida en mis recuerdos y en el deleite de las lentejas, mi plato preferido, no presté atención a las voces que brotaron a mi alrededor o, mejor dicho, alrededor de las cabezas de mis amigos, en un zumbido rápido y alborotado. Cuando interrumpí la ingesta para dedicarles mi atención ya era tarde, quien fuera se había ido.

Manolo y Terenci lucían más cal en los rostros que un pueblo andaluz del interior a la hora de la siesta. Los perros también se mostraban lívidos, pero con pelos, lo cual no daba como resultado que parecieran perros blancos, sino, sencillamente, perros alicaídos y espirituales, en el sentido más pavoroso del término.

Una corriente fría se interpuso entre yo y los demás. Recuerdo que fue la primera vez que pensé en ellos como en *los demás*. Hasta entonces habíamos sido simplemente *nosotros*.

Dejé caer la cuchara.

—¿Qué os pasa? ¿Por qué estáis tan pálidos? —Me alarmé.

No respondieron ni ladraron. Y entonces les hice la pregunta que más temía:

—¿Qué me ocurre?

Manolo no contestó. Terenci intentó sonreír.

—Reina, ya estás más allá abajo que aquí arriba.

—¿Voy a recobrar el conocimiento?

—Tardarás unas horas.

—¿Por qué, de repente, me parecéis tan... tan...?

—¿Tan muertos?

—¡Oh, no lo puedo soportar! No quiero alejarme de vosotros —lloré—. Por favor, escuchadme. Miradme. ¡Todavía disfruto de poderes!

Lo dije extendiendo los brazos, mostrándoles el paisaje.

—¡Hostia! ¿Qué bello paseo es éste? —preguntó Terenci.

Respondió Manolo:

—Nos movemos por el Madrid de los primeros años sesenta y éste es uno de los bulevares que por entonces aún existían.

Sonreí:

—Aterrizabas en Madrid y, ya en el aeropuerto, el aire olía a jara, que contaba Gil de Biedma. ¿Lo veis? No todo va a ser tiempo real. ¡Puedo convocar el pasado, como hice con el Barrio! ¿Vivir de nuevo? ¡Ningún interés! Siento algo por dentro, tenéis razón, como si se me removieran necesidades físicas, pero...

Manolo levantó el brazo, como si se aprestara a detener el tráfico, y suspendió mi parrafada:

—Hablemos de Paula. Si hace unos segundos nos has descubierto blanquecinos, asociando dicha palidez, para tu sorpresa, con el hecho de que espectros somos, significa que regresa lentamente tu conciencia, como predijo el buen doctor Andreu, y nuestras formas, que asumías con demasiada naturalidad, tienden a horrorizarte. Lo cual, ejem, nos parece de lo más pertinente.

—¡No quiero tener miedo de vosotros! —manoteé en la fresca brisa de los bulevares madrileños perdidos—. ¡No quiero volver a vivir!

—Pero nosotros, sí, cuca. —Terenci me revolvió el pelo—. Nuestro cariño es tan grande y, si me lo permites, sobrenatural, que te preferimos viva. Eso es lo que uno aprende con la edad, a amar por encima de uno mismo. A ti no te ofreció el Tiempo el goce de ese sentimiento conmovedor. Regresa para que, cuando llegue, te encuentre en tu sitio.

Ahora habló Manolo:

—No hablamos por hablar. Hay noticias frescas. Nos las han proporcionado dos difuntos de Madrid, que fueron quiosqueros en La Latina y a quienes prendaste como articulista a la par que como cotidiana clienta. Les teníamos sobre aviso y, en cuanto han pescado algo, han corrido a contárnoslo. Han localizado a Paula, la han seguido. Y tiene novio.

—¿Novio-novio? —me interesé—. ¿O apaño ocasional?

—Da lo mismo.

—Bueno, ella liga muchísimo y le encanta follar, lo cual hace cumplidamente y no me digáis que no es raro, tratándose de alguien joven y de hoy, con las facilidades que se dan para bajarse de la red polvos cibernéticos que no exigen compromiso. Su cuerpo es suyo. Lo más que podemos hacer es envidiarla.

No respondieron.

—Oh, cielos. —Me alteré—. ¿Hablamos de un canalla que va a perjudicar a mi niña? Imposible, ella siempre ha sido muy lista para sacárselos de encima, aun a costa de sufrir por el negativo desenlace.

Siguieron callados.

—¿Tan grave es? —Me excité—. ¿No podemos hacer algo?

—Se trata de un argentino —informó Manolo.

—Dotado de un enorme miembro —complementó Terenci.

—Mejor para los dos —musité, recordando mis propias incursiones pamperas, décadas atrás.

—Y la llama *mina* cada dos por tres.

—Sí, ellos suelen. A mí también me lo decían. ¿Y qué?

—Que *mina* ocupa un lugar, aunque minúsculo, en el segundo tomo del diccionario, entre menopausia y osteoporosis.

Tardé varios segundos en comprender las consecuencias que para mí podía acarrear aquella revelación.

11
¿Una decisión?

—Paula no es ninguna tarada —aseguré—. Ya sabe lo que significa *mina.*

—Los enamorados, o los encoñados —replicó Terenci—, porque en los primeros días no hay quien distinga entre ambas pulsiones, siempre quieren saber más.

Manolo se empujó las gafas invisibles.

—Examinará tus diccionarios. No se conformará con la escueta descripción de la Real Academia, que se limita a indicar que, en Argentina, es una forma vulgar de llamar a una mujer. Correrá a abrir el María Moliner, que afina un poco más y precisa que suele usarse de manera informal y, a veces, despreciativa, en Argentina y también en Uruguay...

—No te enrolles, los va a mirar uno tras otro, la tía... —Terenci se enojaba por momentos—. También Internet, pero no como única opción. Si es una gran lectora, entregada a la elevada causa de la imprenta, Google será lo último que consultará. La veo, la veo. Se acercará a doña María, meterá el dedito en la puta M. M de mierda, M de muerte...

Y se dará de morros con el testamento que, en mala hora, nuestra amiga firmó ¡para ser fiel a sus principios!

—¡Coño, y porque no me apetece que me vistan y me peinen desconocidos, como a la pobre Eva Perón, que al menos estaba muerta por completo cuando se la trajinaban detrás de la pantalla de aquel cine! Algún pariente sería capaz de maquillarme y llevarme a un programa de tele realidad. ¡Boquitas pintadas, pero en coma, faltaría más!

Manolo, que iba delante de nosotros, se paró en seco, con lo que le atravesamos y tuvimos que darnos la vuelta para enterarnos del motivo de su repentino atoramiento.

Sonreía.

—Has encendido una pequeña bombillita en mi cerebro.

No se lo tomen como una metáfora. Se hizo la luz en su cabeza y, estremecida, contemplé su interior. No hay cerebro que se parezca al suyo. Aterciopelado, fluorescente, repleto de casillas y cajoncitos y compartimentos, pasadizos y esquinas, aldeas enteras de pensamientos y ríos turbulentos de poesía, y de hombres y mujeres y paisajes. Recé para que nadie iluminara nunca el mío, no fuera a hacer el ridículo.

—Mirad lo que pienso —solicitó.

Terenci sonrió, divertido, pero yo, a pesar de que contemplé con atención aquella desmesura de reflexiones y proyectos, no distinguí atisbos reconocibles.

—Va a ser un placer jugar con él a *El beso de la mujer araña*. —Terenci se dirigía a Manolo—. Tú harás de mariquita, que a mí me apetece más ser un rudo marxista. Y a la celda le encasquetaremos unos oropeles.

—¡Manuel Puig! —grité, por fin.

—¡Claro, burra! —Terenci se echó a reír—. El querido, admirado y guapísimo Manolito Puig.

—Ante todo y para que no trabajemos inútilmente, amiga nuestra —Manolo me contempló con seriedad—, prométenos que, si aceptas regresar a la vida, no pondrás ningún impedimento, bien al contrario, que te esforzarás en la tarea, sin amargura y sin mirar atrás. Prométselo. No vaya a resultar que después te arrepientas, te dé por suicidarte, metas la pata y no coincidamos jamás por estos pasadizos.

—Yo... Oh... ¡Una decisión-decisión! —nuevamente al borde del sollozo.

—Nada de tonterías sacadas de los cuentos, ahora. —Terenci también tenía el ceño fruncido—. Hablamos de vivir. De respirar. De llorar. De sufrir. De amar. De perder. De ganar. De perder, perder, perder... y, sin embargo, hablamos de vencer, porque cualquier segundo que se le arranca a la maldita Parca es un triunfo del humano empeño en existir. Hablamos, pues, reina, de si tienes o no tienes *collons* para aceptar tu segunda oportunidad, una bendición que otros hubiéramos agradecido.

—Me entra miedo.

—Joder con la niña. Miedo a nosotros, miedo a la vida. A ver si te aclaras. Si te desenchufan nunca más experimentarás temor ni emoción alguna. Nada. Se acabó.

—Y no olvides —Manolo puso el colofón— que si has disfrutado con nosotros es porque *aún* estás allá, respirando y, sin darte cuenta, intentando continuar en la tierra. No entiendes lo poco que hemos sentido nosotros, en comparación contigo, durante este interludio celestial. No es que nos quejemos...

—Tú puede que no —le cortó Terenci—, pero yo sí. Me quejo de estar muerto.

Noté que Manolo prefería no ahondar en el asunto.

—No es por ofenderos, no es por arrogancia, como el que disfruta de dos pasaportes y presume ante un inmigrante sin papeles —me apresuré a decirles—. No deseo abandonaros. Lo pasaré mal allá abajo. Sin vosotros, ya lo pasé muy mal. Por otro lado, me pedís que decida con rapidez sobre algo de lo que depende no sólo mi vida, sino mi actitud hacia ella. Porque, si no me equivoco, pretendéis que retorne allá, pero que no lo haga para matar el tiempo.

—No lo podrías haber expuesto con mayor claridad. —Terenci sonrió—. Ni aburrirte, ni vegetar. ¡Aventurarte, tonta!

—Necesito... ¡Oh! ¡Necesito estar sola! ¿Puedo abandonaros durante un breve interludio? ¿Os ofendo si os pido que os larguéis y que asimismo renunciéis a la lectura de mi mente? Daré un paseo por el Retiro y os aseguro que, cuando termine, sabré lo que quiero hacer.

—¡Estupendo! —Se agarraron del brazo—. ¡Volvemos a hablar a dúo! Hay que convocar a Manolito Puig. Veremos qué nos aconseja para apartar a Paula del diccionario... o del amante argentino. Seguro que se le ocurre algún truco bonaerense.

Y se alejaron.

12
Intervención providencial

Subí por la avenida, ligeramente en cuesta, que enfilaba desde Alfonso XII. Busqué un banco sombreado en el que sentarme a meditar. Había uno bastante limpio en la rotonda del Ángel Caído, cuya estatua, en actitud doliente, presidía esa mañana de la tardía primavera. Estaba sola. Supuse que era día laborable y la hora demasiado temprana para que el público rondara las cercanas casetas de la Feria del Libro. ¿O la falta de prójimos obedecía a mi aspiración al aislamiento, expresada poco antes? Necesito estar sola, había insistido. Hay que andarse con cuidado al formular deseos, cuando una usa superiores dones.

Recordé mis frecuentes visitas al parque, durante mi pasado madrileño. Aquellos casi veinte años, del 81 al 98 (del siglo XX) me sacudieron profesional y personalmente, me destartalaron y me rehicieron, llevándose cada marea las algas secas que se enredaban en mis pies y dejando, al retirarse, senderos en la arena que conducían a otra pleamar. Así fue conformándose —mientras me conformaba— la imagen del futuro apacible, el maduro reposo ajeno a sobresaltos y deslices, la seca espera consistente en no esperar.

Suspiré cual pastorcilla de Lladró, sí, pero reencarnada en madura mujer moderna. Siempre me emocionaron los árboles del Retiro, sus amenas variedades y serranos tamaños. No existe en Madrid espectáculo más hermoso que el de su breve primavera, representado con generosidad en árboles, arriates y floraciones diversas. No desdeñemos tampoco el no menos corto otoño, cuando el parque ofrece tal derroche de tonalidades cromáticas que...

—¡Si tuvieras que aguantar lo que yo, no te entregarías a cogitaciones tan almibaradas!

Miré en derredor. La rotonda se hallaba desierta.

—Hace calor —siguió la voz, que me pareció varonil—, y ni siquiera es mediodía. Así, una jornada tras otra. Verás cuando llegue el verano, la semana que viene.

Oh, no. No puede ser que aquí, en esta seleccionada mañana que no debería albergar más que el trino de los pájaros y mi propio ánimo bucólico, también se me aparezca alguien dispuesto a darme la tabarra. ¡No puede ser!

—Sí, puede ser —replicó la voz.

—¡Otro que lee el pensamiento! —grité—. ¡Sal de donde estés!

Cogí del suelo una rama seca y, esgrimiéndola a modo de bastón fustigador, me dirigí a los arbustos situados detrás del banco.

—¡Abandona tu anonimato! —conminé al oculto desconocido—. ¡Asoma la cara y explícate!

Volví al banco y pateé el suelo.

Una carcajada sorprendentemente simpática se alojó a mi lado. El individuo seguía sin materializarse, pero su manifestación vocal zumbaba a mi derecha. Bien, cosas más raras había visto y no visto en los últimos ¿días? Mi descontrol del horario era desmoralizador.

—Y tú, ¿de qué te ríes? —rezongué, dirigiéndome al vacío contiguo.

—Creo recordar al empezar este relato que le exigiste a Dios algo parecido. Para ser atea y estar medio muerta, conservas tu capacidad de fabulación en forma.

—Déjate de tonterías y dime quién eres. Si te apetece, porque a mí me toman por el pito del sereno. Nadie me da explicaciones.

Noté que mi banco se despoblaba, y un revoloteo como de palomas alejándose.

—¿Dónde estás? —me levanté.

—¡Eh, eh! ¡Aquí, aquí! —La voz, regocijada, provenía de las alturas—. ¡Soy el traficante de almas!

—¿De armas?

—¡De almas, tonta! Ya sabes, Goethe y esos atormentados de la literatura romántica.

Me puse en jarras. Si era cierto lo que sospechaba, Lucifer en persona se aprestaba a irrumpir en mi soledad. Nada menos que Él, quebrantando mi retiro en el Retiro. Me urgía mostrar un poco de carácter. Alcé la testa.

—*Tú* —solté el pronombre con claridad y aplomo.

El Ángel Caído me contempló desde el único monumento construido en su honor que existe en el Mundo Libre. Qué pose más retorcida le había dado el artista. Pobre, me compadecí. Ha de ser una auténtica matraca soportar el lento devenir de la Eternidad en postura tan incómoda.

—Pasé a menudo ante ti durante mi etapa madrileña, y no pocas veces admiré tu bella escultura —algo de oportuna adulación—, mas nunca me dirigiste la palabra y creí, como tantos otros, que eras un simple símbolo, una artística representación del Mal.

—Puedes deducir lo que te plazca. Habría continuado mudo bajo la solanera de no haberte sentado con talante tan confuso en ese banco, lo cual me distrajo de mis ejercicios zen.

—¿Practicas el budismo? ¿También tú?

—¿Cómo crees que aguanto esto? ¿Rezando? Iba a penetrar en el Camino Intermedio cuando tu presencia me ha interrumpido.

—¡Habráse visto, qué jeta! Si alguien ha interrumpido a alguien, has sido tú. Ni siquiera sé si este capítulo acaece de veras.

—¿Y qué te importa? Lo único que nos pertenece es el aquí y el ahora —sentenció—. Puro budismo zen.

Cavilé. Quizá no era una mala idea compartir mis cuitas con el Ángel Caído.

—Llámame Lucy —ordenó.

—¿Por Lucifer?

—Va a ser por Lucille Ball, tonta. ¿Crees que también yo soy un gay aficionado a las variedades?

—No te ofendas, Lucy. Uf, espero que no seas homófobo, porque en este caso mis principios me obligarían a abandonar la conversación y dejarte plantado.

—Para que lo sepas, pequeña terrestre extra, mi ser vagabundea por encima del Bien y del Mal y por debajo de cualquier opción sexual posible. Francamente, querida, a estas alturas el sexo me es indiferente. Llevo un montón de tiempo con esta puta serpiente cubriéndome las partes para que no se escandalice el pueblo llano, y ya no me las noto. El papa tendría que repartir sierpes entre sus milicianos para que se conserven castos, pero el Vaticano ya es en sí mismo una merienda de cobras.

—No divagues. ¿Es el Diablo pro o anti-gay? He de saberlo. También me interesa conocer tu postura respecto al feminismo, la poligamia, la violencia doméstica y...

—Te responderé con énfasis y sólo a la primera cuestión. Creo que no se trata de estar a favor ni en contra, que hay que hacer una propuesta más radical: negar el sexo como signo de identidad. El sexo no tiene trascendencia, ni peso moral. La intención de otorgárselo es reaccionaria.

—¡Te pillé! —Le señalé con el índice—. Esas palabras no son tuyas, sino de Manuel Puig. Las repetía a menudo. Yo misma se las escuché en una Feria del Libro.

¿Era casual aquella referencia al autor argentino más incomprendido y ninguneado por la ortodoxia machista literaria? ¿Sabía mi interlocutor que mis amigos estaban reunidos con él?

—Tienes razón —concedió—. Puig, que era una persona bondadosa y vulnerable, esperaba del género humano y del futuro más que nosotros. Por fortuna, no vivió lo suficiente para comprobar que Wikipedia acabó hace tiempo con su aspiración de que las personas no sean identificadas por sus actos sexuales. Pero vayamos a lo nuestro. ¿Algún cotilleo, alguna solicitud para el consultorio gratuito de Lucy?

Recapacité. Al fin, con sensatez de Wendy, expuse la siguiente petición:

—Si es bondad que puedo recibir de ti, y perdona si te ofende la palabra, me gustaría que charláramos en un plano de igualdad, de lo contrario no podré concentrarme. Entre la majestad que emanas y semejante tortícolis atacándome de tanto mirar a lo alto, difícilmente podré traficar contigo sobre el destino de mi alma inmortal.

Reconocerán que, aquella mañana, parecía una acertada decisión para salir del atolladero: venderme, a cambio de vivir. Que el Ángel Caído, con sus mañas, anulara la ejecución de mi testamento. Tiempo habría para ir al Infierno. Si es que existía.

Pero la vida, y no digamos la vejez, ¿no son el infierno mismo? Un embrollo.

Lucy se dejó caer a mi lado con festivo porte y las mismas hechuras de su estatua, pero en carne y hueso. Había abandonado a la serpiente que le tapaba la pudenda y bien dotada zona, y en su rostro no se reflejaba ya aquella mueca de aflicción y abandono, la desesperación de quien se ve privado de amor, confianza y privilegios, y que mantiene las pupilas fijas en el inalcanzable Paraíso. Me observaba con guasa. Imaginé que la posibilidad de hacerse con mi alma imperecedera le ponía de buen humor.

—Tú siempre tan errada. —Me acarició la mejilla con su mano de largas uñas, en un tierno gesto.

Se puso bien las alas, que al caer se le habían doblado contra el respaldo del banco, cruzó las piernas —no sería gay, pero tenía estilo— y preguntó:

—¿Cuál es el problema?

Le hice un resumen de mi situación: mi estado de salud, el encuentro con los amigos, el testamento, la intervención de Paula, nuestros temores, mi indecisión. Me escuchó con atención, pero sentí que estaba al cabo de la calle, y que su interés no era más que una añagaza para conocerme mejor, para obtener mi perfil psicológico mientras permitía que me desahogara. También advertí que, bajo los cuernecillos rojizos, su mente ardía a toda candela, porque fruncía y desfruncía las cejas a gran velocidad y sus pupilas de esmeralda lanzaban rayitos a juego con la graciosa cornamenta.

—Y aquí me tienes, amigo Lucy —concluí—. En ciernes de tomar una decisión-decisión. Hecha un océano de dudas.

Se rascó la barbilla.

—Tal como lo veo, el tuyo es un dilema entre la cobardía y el valor.

—O entre la razón y la insensatez —rebatí—. ¿No sería más razonable permanecer en el Otro Mundo, desdeñando el abismo terrenal que se abre a mis pies, el temblor de la vulnerabilidad, la pesadez del ser? Tú, que tantas veces compraste almas de ancianos que anhelaban beber en la fuente de la juventud, tentados por Margarita, o Daisy, dime si semejante sacrificio merece la pena. ¡Con lo bien que me va entre mis amigos muertos!

—No tan bien. Si así fuera no mantendríamos esta improbable conversación. —El Diablo volvió a sonreír.

—Según tu experiencia... Espera, esta parte me gustaría plantearla mientras doy unas zancadas delante de ti... Me ayuda a pensar y me apetece tener el Infierno a mi servicio. ¿Puedo?

Lucy estiró las alas y los brazos a la vez, en un gesto doblemente complaciente.

—Como te sea más fácil. Es repugnante esa costumbre sacerdotal de arrodillar a los fieles para extraerles una sumisa confesión. *Help yourself!*

Un hombre de mundo, pensé.

—Bien —me lancé, estimulada por su actitud—, a esos vejetes con cuyas frágiles almas te hiciste a cambio de que recuperaran su juventud y se enamoraran como becerros de una muchacha rubia con trenzas... ¿les compensó? Lo sé, la literatura nos asegura lo contrario, hubo arrepentimiento final y crujir de dientes, pero me temo que es sólo moral burguesa o morbosa inclinación estética hacia el fracaso. Me refiero a si la intensidad de lo vivido... no hablo del amor, o no sólo del amor, sino de los sentimientos intensos, de aquellos que exigen compromisos profundos... Te lo pregunto a ti, que has corrido tanto. He de saber si, a pesar de perder, porque siempre perdemos, porque no hay otro final que el de la pérdida, merece la pena embarrarse de nuevo en la lucha de vivir... De vivir, digo, no de vegetar como mis amigos denuncian que yo hacía últimamente, y he de reconocer que tienen razón... Te pregunto si regresar allá abajo, o aquí abajo, me lío con tanto imperio sobre la locomoción... No quiero ser más joven, no te pido eso. Mis amigos me han ayudado a comprender que deseo volver, con la edad que tenía, eso no importa. Lo que sí cuenta es dar. Dar lo que hasta ahora no he sabido, es decir, proporcionarle a mi vejez el ímpetu con que atravesé anteriores etapas de mi vida, idéntica pasión por el riesgo... A cara o cruz... Si arrojo sobre el tapete mis dados y obedezco al destino sin red protectora...

Me detuve, jadeante:

—Uf, nada cansa tanto en un soliloquio como los puntos suspensivos...

Lucifer seguía con expresión risueña. Con una mano se masajeaba la mandíbula, que debía de dolerle, dada su postura en el obelisco. Con la otra se abanicaba. Tardé en verificar que, para ello, utilizaba una de sus alas.

—¿Se te ha roto? —me preocupé.

—Son portátiles, lo que facilita su limpieza. Abultan demasiado, no resultan prácticas. Me las saco cuando nadie me mira. ¿Te importa?

—Pierdes majestuosidad, pero da igual. ¿Qué es un ala más o menos, en comparación con mi dilema? Si debo venderte mi alma inmortal para aprovechar los años que me faltan hasta el desenlace-desenlace, viviendo, entre tanto, sometida a los tormentos que acechan a una mujer aventurada...

—Y jactanciosa —me cortó, irónico—. ¿Por qué habría de adquirir lo que llamas tu alma? ¿Cuáles son tus méritos? Eres atea, no crees en mí ni en el Otro. Te diré una cosa que achantará tu vanidad. Hay más alegría en la Casa del Hijo Rechazado por un beato que pide orgías que por mil ateos en oferta.

Volví a ponerme en jarras:

—¿Preferirías cerrar el trato con una pija del Opus? No te creo. Apenas te conozco, pero sé que te sobra clase.

Sacudió la cabeza y produjo un largo y aromático cigarrillo con filtro, que encendió con pestañeo ardoroso.

—¿Fumas? —era una cuestión retórica destinada a darme tiempo mientras planificaba cómo conseguir que me comprara algo.

—No me gusta —confesó—. Lo hago para no romper mi imagen.

—Entonces, ¿no quieres mi alma o lo que sea que tenemos los humanos y que siempre nos toca las narices? Conciencia de ser, deseo de trascender o como se llame...

Aspiró una profunda calada, perdido en sus pensamientos.

—Me fallan las relaciones públicas —musitó—. Somos esclavos de lo que los demás quieren ver en nosotros.

—Esa historia la conozco bien —dije—. Pero ¿qué hay de lo mío?

—Entre tú y yo, Lucy no compra almas. Las regala.

Me quedé planchada. Frené mi paseo meditativo.

—Luego, ¿mi oferta no te interesa?

Ahora fue él quien se levantó y se puso a caminar a grandes pasos. Admiré su atlético cuerpo. Madre de Dios, pensé, qué desperdicio.

Se detuvo frente a mí, cruzó los brazos, desplegó completamente las alas y la sombra que éstas crearon nos cubrió a ambos, provocando un interesante clima de intimidad.

—Tonta, tonta. También tú has creído esa propaganda enfermiza. Baudelaire, los poetas malditos, los Rolling Stones... Bulgákov me usó bien, lo de Bierce fue una chiquillada. El único que me comprendió fue Ernst Lubitsch. No creía en mí, pero me respetaba. Me representó tal como me gustaría ser, tal como habría sido, de haber contratado a un asesor de imagen que hubiera mostrado lo mejor de mí. Ernst sí experimentaba genuina simpatía por el Diablo, como evidencian algunas de sus películas. Su aguda compasión para con sus personajes la extendía también a mí. Pues de eso se trata, eso somos. Personajes.

—¿Y Milton? —inquirí, para poner mis conocimientos en la balanza.

—Ni Milton ni Dante. Con todos mis respetos, mucho arte pero demasiada moralina —sentenció, categórico—. Fin de este instructivo desvío. Continúa tu exposición.

—Si... —titubeé—. Si no poseemos alma, ni siquiera ese soplo interior que algunos ateos presentan como fruto del conocimiento, de la inteligencia, si no hay nada que vender ni comprar y, de existir, lo mío no te lo quedarías... ¿Por qué conversamos? ¿Para matar el rato? ¿Soy una mera distracción para ti, un capricho pasajero?

—Como dicen en Anglosajonia, cuanto más corto, mejor. Te lo expondré en estos términos. ¿Quieres vivir como si fueras el Nilo antiguo, inundando la tierra desenfrenadamente cada año, o, por el contrario, crees que el futuro es como la libreta de cliente de un supermercado, algo que irás rellenando con cupones que pegarás usando un poco, sólo un poco de saliva?

Comprendí que había chocado con un Lucifer excepcional, enterado hasta de las ofertas del súper de la esquina.

—Decide qué quieres ser.

Respiré hondo.

—El Nilo —dije, bajito.

—¿El qué?

Quería probarme.

—¡El jodido Nilo anterior a la construcción de las presas! —repetí, apoyando mi cabeza en su musculoso torso.

Me tomó entre sus brazos y sus alas, que no olían a plumaje de ave —al que soy alérgica—, sino a algodón de azúcar. De lejos me llegó la música de un carrusel... ¿O era un organillo como los de las ferias callejeras de mi infancia?

—¿Quién me defenderá de las expectativas? —Temía que se desvaneciera sin darme una receta final.

—Tus amigos —señaló el Diablo.

No era una respuesta, sino un comunicado. Dos hombres y tres perros descendían hacia nosotros desde el Paseo de Coches.

—Debo irme. Basta por hoy de vida social.

—¡Espera! —le agarré de un ala—. ¡No puedes marcharte sin más! ¡Enséñame un truco para que Paula pase del testamento! ¡Un conjuro, lo que sea!

—No te defiendas de las expectativas. —Me besó en la mejilla—. Ése es el truco más importante. Y no te preocupes. Vivirás. Yo me encargo.

Escuché un revuelo y palpé la oquedad entre mis brazos. Alcé la vista. En su obelisco, el Ángel Caído, imperturbable en su pose original, se entregaba al sufrimiento en bronce, ajeno a mis inquietudes.

—¿Quién soy? ¡Uuuuuuuuh! —Terenci, a mis espaldas, me cubrió los párpados.

Le aparté, y entonces me di cuenta de que tenía algo en mi mano. Era una pequeña pluma plateada. Olía a algodón de azúcar.

—Mira qué te hemos traído —dijo Manolo.

Movió el brazo como si le diera a una manivela, y un organillo antiguo, de chillones colores, se materializó arrojando al aire las castizas notas de un chotis.

—Qué buen aspecto, puñetera —comentó el otro—. Ya me contarás qué has hecho, aparte de tomar el sol.

Los perros me dedicaron unos cuantos lametones.

—¿Pasa algo? —insistió Terenci—. Luces alelada.

Me eché a reír.

—Creo que por fin he conocido a un hombre de los de antes.

Y acaricié con disimulo la pluma, después de guardarla en mi bolsillo.

13

¿Qué Adonis?

—¿A qué viene tanta juerga? —señalé el organillo, rencorosa—. ¿Os habéis divertido, sin mí?

—Eres como el perro del hortelano, que ni come ni deja comer —apuntó Manolo.

—Se nos ha cruzado una verbena —explicó Terenci— y éste no ha resistido la tentación de abalanzarse sobre un manojo de churros.

—¡Qué ricos! —se relamió el aludido—. Exhibían una textura crujiente bajo la cual, escondida con la amabilidad de un deseo medio satisfecho, la masa anisada se deshacía en la lengua con languidez adolescente.

—Ya sabes cómo reacciona Manolo ante estos estímulos. Se ha puesto tan contento que me ha permitido que le sacara a bailar.

—¿Un chotis? ¿Habéis bailado un chotis mientras me desgarraba meditando? ¿Lo veis? ¡No se os puede dejar sueltos!

—Un pasodoble —aclaró Manolo—, mi favorito, *Suspiros de España*, en la versión de El Cigala. Lento y sabrosón. Como los churros.

—¿Por qué no me habéis avisado? ¡Por un bailongo habría plantado hasta al Diablo!

Escuché un ronroneo en lo alto y sonreí, complacida. No le era indiferente. Con o sin alma.

—Además, reina —aclaró Terenci—, hemos leído en tu lóbulo cerebral de las determinaciones tu afán de hollar el lacrimoso y humano Valle.

A continuación, le marcó a Lucifer un repaso de abajo arriba.

—Ese macizo con el que has intimado parece haberte ayudado a reflexionar. Como suelen decir las comadres tebanas, ocho ojos ven mejor que seis.

Comprendí que con los suyos, de alcance cósmico, mis amigos habían observado al menos la última parte de mi catarsis.

Manolo le dio un codazo a su compañero:

—Lo que son las cosas. Ha logrado mejores resultados en ella el Diablo por buen mozo que nosotros con nuestra amistosa insistencia. Tú y yo, rompiéndonos la testuz para convencerla de que emigre a la tierra con los papeles en orden, y ella no hacía más que poner inconvenientes. Y aquí el Caído la convence en un batir de alas.

Terenci ensayó una expresión de víctima:

—¿Crees que esto nos resulta tan fácil como soplar botellas? De desagradecidos está el mundo pleno —tradujo directamente del catalán—. Me sabe grave.

Amenazaban con otra selección de frases hechas procedentes del terruño. Les atajé.

—Dejémoslo... Es cierto. Sí... En efecto... En

efecto... Sopesando los pocos pros y los muchos contras, a fin de cuentas y sin lugar a dudas, conservando el máximo afecto hacia vosotros y, no obstante, sintiéndome cada minuto que pasa más dispuesta a someterme a la dura prueba de vuestra renovada ausencia...

Temblando de emoción, segué mi tanda de circunloquios, decidida.

—Sí, quiero volver. Apuraré el tiempo que me queda, si queda alguno. Os prometo que no os arrepentiréis de haberme ayudado. Me aventuraré. Osaré osar.

—¡Y nosotros, desde aquí, te llamaremos Aventurera!

Nos abrazamos, conmovidos, y un instante después nos separamos.

—¡Cáscaras! —exclamamos—. ¡Olvidábamos la solución!

Emergí del terceto con un elocuente solo de predifunta ansiosa:

—¿Manolito Puig os ha dado la fórmula? Hace poco hablábamos de él —señalé al Ángel, con aire de conquistadora—, Lucy y yo. Nos hemos hecho colegas. ¿O venís de vacío?

Recuperaron el aspecto de muchachos avergonzados que ofrecían cuando se me sometieron en el Balcón. Agacharon los cabezones.

—¿Habéis podido convocarle? —inquirí.

Asintieron.

—¿Cómo está?

—Más guapo que nunca. Para su materialización eligió sus jóvenes años, aquellos en que era azafato de Air France.

—Yo le conocí de mayor —coincidí—, y todavía era muy atractivo. «Restitos del ayer, m'hijita», me dijo, con aquella sonrisa suya tan dulce.

—Ay, qué recuerdos, cuca. Puig, Néstor... —Terenci manoteó para despejar la nostalgia—. Más vale que te lo contemos pronto. No nos ha ido muy bien. Pero...

—Le hemos preguntado qué resultaría más sencillo para nuestra condición fantasmal —expuso Manolo—, si deshacernos del novio argentino de Paula, o que ésta le tome manía, de forma que él inmediatamente caiga en el olvido y tu joven amiga no se acerque al diccionario María Moliner en busca de la palabra que él le prodiga, *mina,* situada cerca de las páginas en donde escondiste tu testamento, en el que pedías que te desenchufaran...

—¡Manolo! —le reñí—. No te alargues más, ya lo sabemos.

—Me limito a introducir un pequeño resumen de lo acontecido, para que los lectores no se extravíen.

—Mareas la perdiz, eso es —me indigné—. ¡Ah! ¡Volvéis de vacío! Pero ¿no es Manolito Puig el más ducho en argentinidades, el hombre que mejor retrató a su país utilizando los esquemas de la cultura pop?

—Iba con prisas —retomaron el dúo estereofónico.

—¡Explicaos! —aullé—. ¡Mi tiempo en este lugar se acorta! Cesad de divagar. ¿Qué ha dicho Puig?

—Casi nada. Ligero y jocundo, nos ha saludado cálidamente. Le hemos expuesto nuestro problema en cuanto ha dejado de besuquearnos. Al instante ha gritado: «¡Adonis! ¡Adonis!». Y se ha ido corriendo. Sin más.

Desanimados, nos sentamos en el banco que poco antes habíamos ocupado el Diablo y yo.

—Adonis... —murmuré—. ¿Se refería al poeta sirio, repetidamente propuesto para Premio Nobel de Literatura?

—Eso pensé —dijo Manolo—, pero Terenci opina que se trata de Adonis, el dios fenicio. Símbolo de la muerte y de la resurrección.

Terenci me pasó un brazo por los hombros.

—Cuca, tu actual situación y la que seguirá, si tenemos suerte, pertenece de lleno al terreno de la mitología, aunque sea de estar por casa. ¿No resultaría fascinante que patrocinara tu revivir ese divino jovencito, que tanto sufrió a causa de su belleza, que padeció muerte brutal y enseñó a los humanos las técnicas de la jardinería y el cultivo? Las diosas se daban de hostias por sus favores, encabezadas por Afrodita. En el Mediterráneo oriental se producen diversas manifestaciones del mismo dios. Tammuz en Mesopotamia, Osiris en Egipto ¡Ah, Osiris! El más humano de los dioses, descuartizado por su hermano y repartidos sus despojos por el País de las Dos Tierras, por donde su esposa Isis le fue recogiendo a pedazos al tiempo que fundaba santuarios en su honor... Osiris... Hay quien propone que es el precedente de Cristo, en versión menos sobria.

—¡Terenci! ¡Vuelve a mi Adonis! —ordené—. Si es ése el dios de mi regreso, concentrémonos en él. En Líbano tuvo un río que llevaba su nombre y que hoy se llama Nahr Ibrahim, un río que se tiñó de su sangre cuando el jabalí en el que se encarnó uno de sus enemigos le mató. Por doquier, las mujeres iban en peregrinación a honrarle una vez al año, poniendo macetas con plantas en los tejados. Las dejaban secar y entonces se echaban a llorar como posesas, lamentándose por su muerte y la de la Naturaleza que, sin embargo, igual que él, renovaba su ciclo, tan campante.

—¡Vayamos al Líbano! —saltó Terenci, más que contento—. No he pasado por allí desde 1967, en vísperas de la guerra de los Tres Días.

—De los Seis Días —rectifiqué, secamente.

—Por mí, como si fue uno —contestó el otro—. Menudo desastre.

—Pero ¿tenemos tiempo? —me angustié.

Manolo consultó su Festina.

—Nos quedan casi veinticuatro horas de tiempo real, aunque podemos disponer de ellas como si de la Eternidad se tratase, en lo que se refiere a asuntos no relacionados con la actualidad terrena. ¡Ay! Se nos ha olvidado comentarte que el abuelito de Paula, un republicano, bellísima persona, quiere ayudarnos. Nos hemos cruzado con él paseando por el parque del Oeste. Sabe de primera mano que su nieta vendrá al Retiro, a por libros, mañana, sábado, a mediodía. Ya ves que no somos tan inútiles.

—¿El abuelo? —Me emocioné al pensar en aquel hombre noble a quien tanto había apreciado—. ¿Y está bien?

—Divinamente, encantado de que no exista Dios.

Se pusieron en pie.

—¿Te apetece una excursión aérea por el Mediterráneo, a modo de despedida? ¿Barcelona, Alejandría, Beirut? —propuso Terenci—. ¿Alfombra, o volamos por nuestros propios medios?

—¡Por nosotros mismos! —grité—. ¡Oh, cómo voy a añorar nuestras evoluciones!

Abandonamos provisionalmente nuestras galas contemporáneas y nos quedamos en bolas. No hay como la desnudez astral para sobrevolar el Mare Nostrum. Los perros volarían a doble pelo.

Antes de elevarnos, entonamos a trío nuestra canción:

—*«¡Si acaso quieres volaaaar, piensa en algo encantadoooor! ¡Como aquella Navidaaaad, que encontraste al despertaaaaar, juguetes de cristaaaal!»*

Podría jurar que los canes también cantaban. Desde luego, sonreían.

Nos adentrábamos en vastos territorios donde se afinan los adioses como lanzas, y en donde la pena no recibe consuelo.

Demasiado tarde caí en la cuenta de que había olvidado la pluma del Ángel Caído en el bolsillo de mi vestido madrileño.

Lo tomé como un mal augurio.

14
Barcelona amada

Volamos en silencio hacia el Levante. Nuestro inicial arranque brioso, la canción de Peter Pan... Dolía. Aquella ingenua música dolía, tanto como cuando la interpretó un conjunto de cuerda —¿sucedió realmente?— en el funeral de Terenci. Mis amigos respiraban con agitación. Supuse que impresiones parejas a las mías ocupaban sus amplias estancias siderales. Así pues, tampoco la muerte nos blinda contra la aflicción de perder a quienes amamos.

De triple acuerdo y todavía en silencio, cuando alcanzamos Barcelona nos instalamos en lo más alto de la sierra de Collserola. Sabíamos que era la última oportunidad de contemplar juntos nuestra ciudad, de rendirle tributo.

Una pátina gris azulada, la calima, emborronaba el mar lejano y nublaba para nosotros el camaleón de apretados edificios que yacía en sus orillas. Sólo el chorreo de escamas amarillentas, de cubiertas quebradas derramándose tentacularmente desde las faldas de la cordillera a nuestros pies, anticipaba la presencia de la ciudad amada, ciudad de la memoria y el deseo, de la nostalgia que bravamente lucha contra el olvido asiéndose a palabras tan arraigadas en nosotros como el sabor de la leche materna.

Más allá de la boira, el dios de los vivientes lanzaba destellos rojizos, típicos de su hora de acostarse.

—Entre todos los momentos del día —declamé, alzándome, como Escarlata, en lo alto de la cumbre, dispuesta a poner a parir a los hados—, ¿teníais que decantaros por la puesta de sol como huso horario para enmarcar la postrera visita? ¡Ah, felones!

—¿Qué le pasa? —le preguntó Manolo a Terenci.

Éste le propinó un soberano codazo.

—No la interrumpas. La han poseído las troyanas, las furias, las brujas de la obra escocesa, la Medea de Núria Espert y la Norma de la Callas. ¡Qué vena de sacerdotisa furiosa! ¡Qué divino momento de diva, el suyo! —Se volvió hacia mí—. Nena, la luz del ocaso le quedaba suprema a Vivien Leigh, al final de la primera parte de *Lo que el viento se llevó*... Es mejor que no la rechacemos. Como bien pudo decir Marlene, una mala iluminación puede arruinar cualquier carrera.

—No me importa. ¡Ya no tengo carrera, vuelvo a la vida! Y, en este instante supremo en que, unidos, nos entregamos a la visión de nuestra patria chica, lo más inoportuno es una ambientación que redunde en nuestro ánimo. ¿No te das cuenta de que, en materia de sentimientos, lo sobrecargado pierde efectividad? La gravedad de la situación requiere un entorno luminoso, indiferente, feliz, sin agonías que diluyan el dolor que mi partida nos causa. Bastante decaído yerra nuestro espíritu, demasiado sombría ataca la circunstancia, como para aguantar, de propina, un crepúsculo completo.

—Desde un punto de vista estilístico —me apoyó Manolo—, es un argumento impecable. Si cae el sol demasiado deprisa, dejaré de ver la casa de Vallvidrera en cuya chimenea Carvalho quemaba libros.

Señaló un punto de la foresta, que se iluminó fugazmente con su gesto, como si alguien estuviera prendiendo un fuego de artificio literario entre las pinedas.

—Yo siempre fui hombre de interiores —intervino Terenci— y, pese a la casa que en el Empordà me dio cobijo y albergó a mis amigos, reivindico que soy urbano, urbano y urbano.

—Los escritores pertenecemos a una geografía propia, a países que se superponen sobre el mapamundi y los suplantan, países internos que prolongan el de la infancia y el de un futuro nunca alcanzado pero más que real —dijo Manolo—. Eso incluye campo y playa, suburbios y entremuros... Mirad cómo disfrutan mis amigos...

Se refería a los perros, que retozaban entre las matas, meaban alegremente tras olisquear la corteza de los pinos, y se acariciaban, tumbándose boca arriba por turnos. Qué felices eran, las criaturas: siempre me conmueve el don de los perros para la dicha inmediata. Pero no me distraje.

—Permitidme que continúe con mi ataque de oratoria. Si me cortáis, no respondo de mi entereza para afrontar el trance. Voy a emplear los poderes que aún me asisten para brindarnos un último día en Barcelona que cuente, al menos, con la complicidad de la luz mediterránea en su máximo vigor.

Guardaron un silencio relativamente respetuoso —se miraban de reojo como si me temieran— y se apartaron un poco. Los hombres, siempre tan pusilánimes, pensé.

Tomé impulso, alcé los brazos y me elevé sobre la punta de los pies, al tiempo que materializaba una túnica vaporosa color salmón irisado que hizo exclamar a Terenci:

—¡*Òndia*, cuca!

Y a Manolo, aunque en tono más moderado, pero no menos contundente:

—Olé los ovarios del Barrio Chino.

Respiré hondo, estimulada por su admiración. Dudé sobre si debía producir una antorcha para blandirla durante mi conjuro o admonición, pero opté por la sencillez, y no produje nada.

—¡Que se detenga el sol! —empecé, y mi voz resonó desde el río Llobregat hasta su opuesto colega, el Besós; de Collserola al mar, de Montjuïc al Tibidabo, pasando por el Barrio Gótico y el Puerto Olímpico.

—¡Muy bien! ¡Venga, más! —jalearon.

—¡Retrocede, oh Amón! —me crecí, y un viento que empezó suavemente aumentó con rapidez su impulso, agitando mi túnica, que ahora sentía ceñida a mi cuerpo como una mano cálida y amistosa, la mano de mi ciudad, adelantándome sus dones—. ¡Detén tu caída, oh, Sol, remonta las escarpadas aguas del día!

—Coño —musitó Manolo—. La Victoria de Samotracia, pero con brazos.

—Muy bien, *mujera*. Pero el sol prefiere que le llamen Ra —recomendó Terenci.

—¡Recula, oh, Astro, hacia el Levante al que nos dirigimos! —Dramáticamente, añadí—: ¡Amanece sobre nuestra ciudad, aunque sólo sea para nosotros, y sumérgenos pronto en la magia del mediodía, envuélvenos con tu gloria! ¡Para que podamos recordar que, juntos, vimos nacer el sol sobre sus tejados y sus grúas y sus inmobiliarias y sus buenas gentes! ¡Permite que sellemos bajo tu ígnita hora de madurez nuestra amistad, que aquí nació, cuando todavía creíamos que los crepúsculos eran una temática ajena! ¡Si hoy mueres aquí, en casa, para nosotros, morirás en mi corazón para siempre!

Me puse en jarras, y esperé. No tuvimos que aguardar mucho.

Lo crean o no, el sol dio marcha atrás. El día oreó sus sábanas sobre nuestra ciudad. Escuchamos el canto de los pájaros y nos esponjamos con la frescura del rocío. Briznas de césped virgen crecieron a nuestros pies y nos penetró el olor de la tierra de Collserola, mezcla de hojas tiernas quebradas y humo de leña, de pólvora de petardos de verbena y sobacos juveniles.

Ninguno de nosotros habló, ninguno se atrevió a formular un «¿Te acuerdas?», esa manida pregunta con la que, a partir de cierta edad —la edad en que ya conocemos el lenguaje de los finales—, los amigos suelen iniciar muchas conversaciones.

—¿No declaraste que, en nuestra dimensión, las veinticuatro horas de tiempo real que nos quedan pueden equivaler a una eternidad? —le espeté a Manolo, quien no perdió tiempo en consultar, ilusionado, su Festina.

—¿Qué propones? —quiso saber.

—¡Todo!

Y fue todo. Simultáneamente.

Sentados ahora en las gradas del Teatro Griego de Montjuïc asistimos al desfile de familias que, al final de la Cuaresma, en los pobretones años cincuenta, ocupaban la montaña con sus modestos picnics para celebrar el Entierro de la Sardina. Besé a mis primeros novios junto a la fuente luminosa, recorrí los pabellones de la Feria de Muestras y me zampé unos novedosos bocadillos de Frankfurt, protegida del sol —el sol de mediodía, ardiente, peleón, favorable a sus hijos— por una visera de propaganda de Pepsi-Cola. Tomados del brazo, descendimos por las escaleras mecánicas de la Avenida de la Luz. Llevé a Manolo y a Terenci por las academias de taquigrafía y mecanografía en las que aprendí las artes del oficinista. Recorrí con ellos las calles rumorosas del apacible Eixample, cuajado de acacias y castaños, anterior al trepidar masivo de los automóviles. Reposamos en los antiguos cafés con espejos y camareros con andares gatunos, invadimos los cines hoy desaparecidos, escupimos en los edificios de Núñez y Navarro que empezaban a deformar los chaflanes, fisgamos en farmacias y herbolarios, alimentamos con migas de pan a las ocas del claustro de la catedral, corrimos por los muelles y saludamos con pañuelos desplegados a los pasajeros que, en los barcos de la compañía Trasmediterránea, se dirigían a las Baleares.

Visité con Terenci las arruinadas fábricas del Poble Nou pre Juegos Olímpicos, y acaricié sus alicaídos muros, rememorando los gestos de Monica Vitti en sus paseos de película por las afueras de la ciudad industriosa, gestos que nosotros repetíamos en los tiempos en que la incomunicación, predicada por Antonioni, era sólo aquella ingenua desazón de nuestra adolescencia, también llamada angustia vital por los coetáneos cultos. Tiempos en que ignorábamos que el verdadero aislamiento —lo que siente una familia de clase media un sábado por la tarde en un centro comercial— estaba por venir.

Pisoteamos las avenidas nevadas del 62 y volvimos a llorar con el final de *Esplendor en la hierba*. Nos sentamos en la escalinata de la Plaça del Rei y charlamos durante horas, como si las decepciones y los fracasos y el dolor y las pérdidas no hubieran hecho mella en nosotros. Éramos los de antes, en su versión mejor. Porque habíamos aprendido a recargar los ayeres con lo que entonces parecían no poseer: sentido.

Los días que habíamos pasado por alto, los placeres que aceptamos con la ingrata inconstancia de la juventud, la dicha compartida y luego troceada a lo largo del camino —como los restos de Adonis, de Osiris— se agrupaban para recuperar su envergadura de antaño. Por el milagro del amor, ni más ni menos.

Bailamos y cantamos, Rambla arriba, Rambla abajo, haciendo sonar timbales y panderetas

Entonces le llegó el turno a Manolo, que nos arrastró a la Boquería, y allí, entre el vivaz sonido de voces y reclamos, fragor de carretillas y estruendo de mercancías amontonadas, nos convertimos en chiquillos y nos revolcamos entre los productos de la tierra y del mar. Coronas de salmonetes ciñeron nuestras sienes, revoloteamos bajo el cielo de hierro, montados en auténticos jamones de pata negra, y jugamos a las espadas blandiendo pencas de bacalao. Nos arrojamos puñados de oloroso azafrán, de irritante pimienta, tomamos las ruedas de arenques y las empujamos hacia el puerto. Los trabajadores, que no podían vernos, seguían entregados a sus tareas, colocándose de vez en cuando un lápiz en la oreja, guardando un cuadernillo pringado de aceite en el bolsillo de la bata, y deteniéndose a fumar un cigarrillo. Las pescaderas pregonaban: *«Mira com tinc avui el lluç!»*, y la palabra merluza adquiría en sus labios concomitancias sexuales que parecían recién escapadas de un frasco procedente de la Roma pagana.

Nos rebozamos en canela, hicimos malabarismos con los melocotones de viña, y su carne prieta y olorosa dibujó en el aire círculos de victoria.

Fuimos felices.

Los perros nos imitaron. ¿O éramos nosotros quienes copiábamos su desinhibido comportamiento? Sucios niños libres fuimos, por una eternidad.

15

El mismo mar

—Ni se te ocurra —advertí.

Terenci insistió:

—Me hace ilusión.

—¿Qué pasa? —inquirió Manolo.

Se había rezagado saludando a una conocida que acostumbraba a venderle trufas blancas en el mercado, y que había cruzado el Umbral recientemente. Nos sentamos en los peldaños del puerto y materializamos unas almendras saladas en cucuruchos de papel de periódico: *Diario de Barcelona,* sección cartelera cinematográfica. En el Kursaal iban a estrenar *El Cid.*

—Éste —dije—. Quiere entrar en Alejandría por mar.

—Un plan excelente. Grandioso —asintió el otro.

—No te entusiasmes tan pronto. Aquí el autor de *No digas que fue un sueño* pretende que surquemos el Mediterráneo en la galera de Cleopatra, después de la batalla de Actium. Los tres vestidos de luto por la derrota y la aparente traición de Marco Antonio y, para acabarlo de coronar, velas y telas negras envolviendo proas, popas, estribores, babores, mástiles, jarcias y aparejos. Un dramón.

—Siniestro —se apresuró a admitir Manolo—. No olvides que este viaje tiene algo de recorrido común final, al margen de que su objetivo principal sea averiguar si Adonis puede ayudar a nuestra amiga a recuperar la consciencia. Y lo de ir de duelo en Alejandría se me antoja tan extemporáneo como asistir al ocaso en Barcelona.

—Muy deprimente —abundé—. ¡Con lo bien que me ha salido este paseo por nuestra ciudad innata! El sol sigue en su esplendor, el pobre no se atreve ni a moverse, después de mi demostración de carácter.

Detrás de nosotros quedaban el monumento con la estatua de Colón y los leones. Recordé la pluma del Ángel Caído —la de sus alas— y me pregunté si la recuperaría cuando aterrizáramos en el Retiro, en un día de mañana que se dibujaba muy lejano. El mar, sucio de petróleo, y precioso de color —hay inmundicias muy resultonas— nos lamía los pies. Yo vestía aún la túnica de diosa o sacerdotisa que me había procurado para conjurar al Astro Rey, pero mis amigos continuaban desnudos. Sacudí las pieles de almendra de mi pechera y me incorporé:

—Procuraos unos atavíos lo bastante egipcios, mientras voy a echar una ojeada por el puerto, en busca de inspiración naviera. No en vano los ascendientes de mi padre poseyeron astilleros en Torrevieja, antes de que la llegada del vapor les arruinara, condenando a sus vástagos a la inmigración.

—Esos orígenes tuyos no los conocíamos —se interesaron, a dúo.

—Una vieja historia. En la primera mitad del siglo diecinueve, mi abuela paterna fue una mujer de armas tomar, que heredó el negocio de la familia, consistente en promover en ultramar la esclavitud y el comercio. Si me queda tiempo, me gustaría escribir su historia. Mas ahora no podemos entregarnos a divagaciones autobiográficas. ¡Hemos de cuidar de que mi propia biografía termine bien!

Les dejé discutiendo sus preferencias para sus inminentes atuendos, e inicié un garbeo aéreo solitario por encima de los tinglados del puerto. Olía a salmuera y a meadas de gatos y, desde mi atalaya intangible, contemplaba la sólida a la par que airosa imagen de la virgen de la Merced, elevándose sobre la cúpula de su iglesia. La Merced, patrona de la ciudad y refugio de los pecadores y miserables de este mundo. Añoré los tiempos en que mi madre me contaba que la dama acogía bajo su manto a los menesterosos y a los perseguidos; añoré la época en que lo creía, la inocencia con que me echaba a llorar cuando mamá explicaba que cada año, durante las fiestas de la Merced, la pobre santa Eulalia, que sufrió indecibles tormentos por negarse a entregar su honra a los soldados romanos, vertía toneles de lágrimas debido a que había sido desposeída de su condición de patrona, en beneficio de la otra, supongo que por el más alto rango celestial de ésta. «Por eso diluvia cada año», concluía mi progenitora, contra toda evidencia, ya que no siempre llueve en mi ciudad a finales de septiembre. Aunque quizá sí.

Los aromas portuarios me tranquilizan, son los de mi niñez, los llevo en la sangre, pensé. Ocurra lo que ocurra, dadme un buen puerto para envejecer. Dadme un lugar en el que todavía queden oficios del ayer, palabras como cuerdas, manos como herramientas.

Me detuve unos instantes, haciendo el muerto en el aire, mientras fantaseaba sobre los aconteceres previstos para las próximas horas de aquel día prodigioso. ¡Alejandría! ¿Quién me hubiera dicho que regresaría a la ciudad más literaria del Mediterráneo, en compañía de mis dos amigos muertos! Sólo la visité en una ocasión, por un inolvidable motivo, y gracias a Terenci, que iba en una preciosa caja oriental, una esfera roja con adornos de oro que él habría aprobado.

Aquel atardecer arrojamos sus cenizas al mar de Alejandría, para que se reuniera con sus seres queridos de la Historia y de la Literatura, con sus evocaciones más hermosas. Un gato contempló parsimoniosamente al grupo que, entre lágrimas y versos de Cavafis, y las palabras del propio Terenci, escritas para la ciudad —«Brindo por Alejandría, la del gran sueño literario»—, despedía a nuestro príncipe de Egipto y de la calle Ponent. Pensamos que era él, transformado para la ocasión en uno de aquellos mininos del Delta que tanto amaba.

Suspiré. Cuán frágil es el hilo que separa la vida de la muerte. No sentía el menor deseo de elegir embarcación. Me recogí la túnica y me dispuse a aterrizar majestuosamente en los peldaños del puerto. Para ahorrarme explicaciones: Terenci se había vestido de Ramsés al principio de *Los diez mandamientos* —la cabeza afeitada y una preciosa trenza azabache, signo de realeza juvenil, colgándole de un lado del cráneo— y Manolo iba de escriba, pero de escriba impertinente; no en vano había escrito en vida contra quienes escriben, redundo, al dictado de los mandamases, reproduciendo sus sinónimos, metáforas y otras argucias textuales con las que tratan de ocultar la verdad. Iba Manolo V el Empecinado más prometeico que jamás. Acorde con sus lealtades, lucía unas sayas rojas: el rojo clamoroso de los claveles revolucionarios portugueses.

—Amigos míos, ¡os quiero tanto! —exclamé, tras aletear unos segundos en torno a ellos—. Juradme que no estoy soñando.

—¿Acaso no soñamos siempre? —repreguntó Manolo.

—Contra la realidad, contra la muerte, contra el olvido —precisó Terenci—. Más allá de este día, recuerda, reina, que los cuentos que nos contamos a nosotros mismos no siempre son los mejores, pero sí son los más necesarios.

Los cuentos... ¿Era un mensaje?, me detuve a

cavilar. Ellos, que leían mi mente, se apresuraron a cambiar de conversación.

—¿Vas a lucir en Alejandría ese vestido que te ha cubierto en Barcelona o piensas que la ocasión merece algo especial? —se interesó Manolo.

Vacilé.

—Por primera vez en esta vida vuestra, no sé qué ponerme. La visita me desborda. Me encuentro algo alelada y vosotros conocéis el motivo. En especial tú, querido Terenci.

—Permíteme, *mujera*. —El aludido me propinó un simpático empujoncito que casi me arrojó al mar—. Cierra los ojos, que te voy a convertir en la más deseada de Alejandría.

Obedecí. Abrí los brazos, en amable entrega. Una oscuridad nacarada se fundió en mis párpados y, con uno de mis sentidos en suspenso, me entregué, como cuando era pequeña, al disfrute de los otros cuatro. Olí el mar y sus estragos, sentí la brisa en mi piel, en el dorso de mis rodillas, en la placidez de mis ingles, entre las uñas y las yemas de los dedos. Jugueteó la brisa con mi cabello mientras yo aspiraba el alma mestiza de mi Mediterráneo. Sentía en la lengua la untuosidad de la brea, mezclada con la calcárea fetidez de las cagadas de palomas, la caricia de sustancias vegetales que se mezclaban, de la montaña al mar, componiendo un mosaico: hierbas, flores, frutos. Desde algún remoto lugar de las profundidades sonaron caracolas y sirenas de ambulancia, ruidos de intenso tráfico, mumullos en andenes, besos, voces, gritos, palabras de amor y de nostagia, promesas y abandonos. El tañido de la vida barcelonesa se unió al repique de campanas de las iglesias y al canto de muecines en las mezquitas.

—Ya está, cuca.

Terenci me devovió a ¿la realidad? Llamémosla así. Me vi como nunca, ni antes ni después, volvería a verme. Hermosa, hechicera. Un vestido de noche negro, de piel de tiburón, me ceñía, y mi melena oscura y frondosa enmarcaba un rostro —no era el mío, desde luego— que, al pronto, no reconocí. A través del kohl que bruñía mi mirada, admiré a una criatura sinuosa e intensa, un cruce de Oriente y Occidente que me contemplaba, sardónica. Y, en efecto, la oración procedente de una mezquita espesaba el aire.

Fue Manolo quien reaccionó primero.

—¡Justine! —casi gritó—. *Collons,* Terenci, qué hallazgo.

En efecto. Era Justine, y mi figura se reflejaba en los espejos del hotel Cecil, entre las quentias y las palmeras, los terciopelos y las molduras doradas, acompañada por un príncipe egipcio y un escriba rebelde.

—Y ahora —determinó Terenci— visitaremos tranquilamente la capital del vicio que inmortalizó Durrell. *Apa,* nena, para que luego te quejes.

De inmediato nos repantigamos en divanes forrados de seda y nos desmadejamos entre adamascados almohadones. Cada uno de nosotros fumaba de una pipa de agua. Aquello que inhalábamos no era tabaco.

—¿Opio? —pregunté. Me pesaban los párpados, y no sólo por el maquillaje más que recargado.

—Qué menos —dijo Terenci.

A Manolo se le habían puesto los consabidos ojos de chinito. Del exterior llegaba un griterío de peleas, frases entrecortadas de borrachos, atrevimientos procaces en bocas de mujeres que imaginé medio desnudas, ofreciéndose en la calle a los marineros. Aquí el Mediterráneo amasaba en su fondo más corrupción y acontecimientos históricos de alcance mundial que en cualquier otro punto, y esta supremacía se expresaba mediante un tropel de aromas saturados de perfumes y de vómitos capaces de alterar la voluntad. Alfombras y tapices forraban la pequeña habitación, amueblada por un Terenci en la cúspide de su orientación orientalista.

—Cáscaras —quise proferir, pero la inocente exclamación se arrastró por los suelos, avergonzada de que la expusiera a semejante entorno pecador.

—Joder —rectifiqué, y ahora la palabra paseó su eco sin desdoro por las cuatro esquinas—. Qué oportunidad tan afortunada para que hablemos de sexo.

—¿Sexo *post mortem* o de la tercera edad? —quiso precisar Manolo.

—¿No viene a ser lo mismo? —respondí—. En este aspecto os puedo aleccionar, ya que cuando entré en coma era mayor que vosotros cuando moristeis. Una mujer siempre es más mayor, haga lo que haga.

—En lo que a mí respecta —señaló Terenci, simpático—, me apetece recibir lecciones de Justine, quien por cierto resultó una lagarta de mucho cuidado.

—Son las que tienen éxito, las lagartas que están buenorras. Cuanto más engañosas y calientapollas, mejor. En cambio, la pobre Melissa nació para amar como una perra y así le fue.

El opio, o lo que fuera, ampliaba —si cabe— mi elocuencia habitual.

—A ver, a calzón quitado y aquí, en un momento del tiempo detenido antes de la segunda guerra mundial, y en una ciudad cosmopolita y podrida de depravación, contada por un escritor a quien no conocimos; en una Alejandría cuya existencia, por depender de la literatura, no tiene fin. Decidme aquí y ahora qué representaba el sexo para vosotros al final, por así decirlo, de vuestra trayectoria terrena.

Los otros callaron.

—¡Hombres! —No estaba dispuesta a que su pudor repentino abortara mi discurso—. Los hombres, a nuestra edad, conquistan o alquilan carne fresca, no se recatan de utilizar dinero y prebendas para vampirizar la juventud ajena, para que alguien os mire como un borrego mientras vosotros os reinventáis. Es vuestro derecho —añadí, atajando un gesto de protesta de Manolo y un encogimiento de hombros displicente por parte de Terenci—. Pero una mujer de mi edad carece de elección. Pueden contarnos lo que quieran los manuales feministas o los cantamañanas de Hollywood. Ni Michelle Pfeiffer a los cincuenta años, no os digo ya sesentona, disfrutará de las ventajas que el sexo masculino tiene a su disposición no sólo por cultura, sociedad, hechos diversos o tendencias, sino porque la puta y maldita biología os favorece clarísimamente en la vejez. A nosotras, lo reconozco, nos hace madurar antes, pero como entonces no lo sabemos, nunca aprovechamos a tope esos años tempranos que jamás retornarán. El libre folleteo a los doce años está mal visto, salvo en las llamadas sociedades arcaicas.

Como su silencio se tornaba más contundente por momentos, proseguí, embalada.

—Ni nos miráis cuando sabéis que ya se nos caen las tetas, no importa que hayáis podido comprobarlo personalmente o no. La compasión de las mujeres, en cambio —presumí— nos impide recordaros que a vosotros también se os caen los huevos. ¡Y la Viagra! Qué injusticia, la Viagra. Gracias a su invento, cuando miramos a un anciano de cuyo brazo cuelga una muchacha rozagante, ya no podemos consolarnos pensando que, en la intimidad, el pobre no tendrá con qué satisfacerla. ¡Toda la noche con el trasto de un burro por mor de la ciencia farmacéutica!

—Os quedan las operaciones de estética —la sonrisa de Manolo era más bien despectiva.

—Tampoco sirven. Siempre habrá una mujer más joven y desacomplejada. ¡Nacen sin parar! Hay una reserva permanente en constante renovación, y las estructuras sociales, la hegemonía del hombre en los puestos de dominación, en el trabajo...

—¡Cállate o te quito la pipa! —rebufó Terenci—. Qué pesada estás. Supuse que ibas a hablar de vicio.

—En cuanto a hombres y mujeres —Manolo se recolocó las invisibles gafas tocándose el puente de la nariz—, no sabemos nada de nadie, nadie de nada, nadie de nadie y nada de nada.

—Eso es verdad —coincidí.

Abandoné la conversación. Pero no del todo:

—Si queréis un último comentario...

—No podemos evitar que lo sueltes —se resignó Terenci.

—¡El sexo no es tan trascendental como solemos entender! —exclamé, con la sabiduría que da un buen colocón en el Otro Mundo—. Aunque uno sólo lo comprende cuando ya ha follado mucho.

—Y lo más importante ¿sería? —se interesaron, algo burlones.

Lancé un torrente de humo antes de responder:

—La ternura, amigos míos. Y eso permanece. Puede que, últimamente, yo la tuviera algo embotada, pero ha vuelto, ¡ha vuelto! ¿No es extraordinario?

Levantándome del diván, antes de que pudieran contestarme, decidí:

—Salgamos de este ambiente viciado. Nos ponemos algo cómodo, pasamos por el Pastroudis, nos tomamos una copa y, mientras, Terenci nos cuenta qué hizo Adonis por aquí y en qué puede ayudarnos. Después, algo inolvidable para mí sucederá de nuevo, y en exclusiva, para nosotros.

16
Soñando en Alejandría

—Qué rarezas.

—¿Te refieres a nuestras actuales aventuras o al desorden cósmico integral?

—Este último periplo. La ida a Oriente. Como los Reyes Magos en dirección inversa. Buscando a un dios.

Manolo se repantigó en la silla de mimbre y sorbió su martini seco. Terenci, igualmente beatífico, hizo lo propio. Me sentía inquieta. Antes de instalarnos en el famoso café alejandrino se había impuesto un enésimo cambio de vestuario. Nos tocó lucir algodón crudo y sombreros panamá, siguiendo la moda tardo-colonial del instante histórico escogido. Mi falda tenía bolsillos de hendidura y busqué en ellos, infructuosamente, la pluma del Ángel Caído. La echaba a faltar. Él, situado por encima del bien y del mal, condescendía en mostrarse compasivo con los seres extraviados. A ratos, mis amigos se me antojaban tan errantes como yo.

El borde festoneado del toldo malva del Pastroudis se apoyaba con desmayo en las delgadas columnas del porche-terraza que, rematadas por capiteles de inspiración corintia, recordaban al visitante que Alejandría, como había escrito Terenci —o escribiría: nuestra incursión tenía como escenario algún momento del final de los años treinta del siglo veinte—, no era Egipto, sino su tumba. Mi más que probable amor futuro y retrospectivo por la ciudad se veía afectado por el dolor —pleno de beatitud, debo admitirlo— que, seis meses antes de mi entrada en el coma, me caló al esparcir las cenizas de mi amigo en el mar. Una tumba tras otra: eso era Alejandría para mí.

—¿Qué pinta Adonis? —continué—. Nunca he tenido la menor relación con semejante dios, cuyas representaciones artísticas le muestran como una nenaza mofletuda. Jamás entendí qué vieron en él Afrodita y Mirra para enamorarse cuando era un bebé y encerrarlo en una caja para partirse su custodia durante el año. Entiendo mejor a sus enemigos. Yo también le habría descuartizado, por rubicundo y cursi. ¡Donde esté el Poseidón del museo de Atenas! Lo suyo sí que era un físico viril, y eso que le falta el tridente.

Pensé que mi Lucy tenía el buen gusto de no mostrar semejante artilugio, que amén de atemorizador tiene un no sé qué ordinario, como de mondadientes avernal.

Terenci se tocó el ala del sombrero, concentrado en el paisaje. Por delante del Pastroudis desfilaban muchachas tuberculosas, barberos sifilíticos, diplomáticos congestionados, efebos hambrientos, danzarinas del vientre estragadas por la viruela, conspiradores judíos, conspiradores coptos, conspiradores armenios, conspiradores musulmanes, conspiradores soviéticos, conspiradores franceses, conspiradores británicos, conspiradores rumanos y conspiradores vieneses que aguardaban a que la guerra empezara, y a que acabara pronto, para iniciar tratos con el tercer hombre y prosperar gracias al mercado negro de penicilina adulterada. Niñas y niños descalzos y prostituidos perdían a sus madres, y madres ajadas buscaban a sus hijos en los burdeles de los alrededores, matrimonios maduros imploraban un billete de avión para Casablanca, en donde reclamarían otro con destino a Lisboa, y allí suplicarían que alguien les proporcionara un pasaje con destino a Estados Unidos. Mozalbetes imberbes vendían postales de la Estatua de la Libertad y un par de arqueólogos corrían detrás de unos bandidos que acarreaban un arca que contenía el santo grial. En otra mesa del Pastroudis, un espía del Tercer Reich intercambiaba tarjetas de visita con un secretario de la embajada franquista, afecto a Serrano Suñer.

—Qué de gente —dije.

—¿Te das cuenta, *mujera*? La literatura todo lo puede. Y el cine, claro. Cada uno de nosotros ve en la calle aquella Alejandría que le ha proporcionado su cultura, la popular y la excelsa. Antes, cuando brevemente te he convertido en Justine, ¿no te has dado cuenta de que lo eras en la desastrosa versión cinematográfica de Cukor? Siempre me gustó Anouk Aimée.

Inhalé para exhalar a continuación: qué largo se hace, cuando se albergan pretensiones, escribir un simple suspiré.

—Alejandría... —se ensimismó Manolo—. ¿Sois plenamente conscientes de que hemos elegido para caer en la ciudad de Cavafis un día de 1938...

—Y de Demis Roussos —complementé—. *«Forever and Ever and ever... Amen!»* Aparte de que Nasser también nació por aquí.

—... Un día de 1938 en que Cavafis ya no está en la ciudad? Falleció hace cinco años sin saber que los bárbaros iban a llegar finalmente, arrasando su metáfora. Volvió la guerra a Europa, y con ella vino aquí Durrell, para su trabajo de propaganda para la diplomacia británica, y su metabolización de lo que sería el *Cuarteto*. Siguieron años de barbarie. Alejandría fue bombardeada por los alemanes. Desde aquí, los británicos, que mandaban en Egipto, lanzaron sus barcos para liberar Grecia de los nazis. Egipto casi se perdió, pero Rommel estaba demasiado fatigado por el esfuerzo de guerra y no alcanzó a entrar en esta ciudad, casi indefensa. Poco después, los judíos de Alejandría se unieron a la causa sionista de la fundación de Israel, los gobiernos de los países árabes reaccionaron con débiles guerras, desunión y el abandono de los palestinos. La calle árabe rugió de nacionalismo aquí, en la ciudad que Alejandro eligió entre todas como símbolo de su genio y su belleza, y en la que fue enterrado —sin haber vivido en ella—, para diluirse por siempre jamás, desvirtuado por las fantasías de los tiempos venideros. Se fueron los británicos, pero volvieron, convertidos a su vez en bárbaros, junto con franceses e ingleses, para recuperar el Canal de Suez. Llovió fuego sobre Port Said. ¿Sabíais que, en principio, Londres había ordenado que el desembarco y el sanguinario bombardeo preventivo tuviera lugar en Alejandría? Habría dejado en mantillas al que le infligieron tras los levantamientos de 1882. Sí, querida amiga, de no haber sido por los escrúpulos de lord Mountbatten, a quien le pareció una población habitada en exceso, lo que elevaría el número de víctimas, Alejandría habría sido arrasada cuando Nasser nacionalizó el Canal. Los bárbaros... Siempre llegan.

Encargó otro martini seco, sacudiendo la cabeza.

—La metáfora que nunca traicionó a Cavafis —concluyó—, su auténtico servicio a la humanidad como poeta, fue «Ítaca». «Ítaca te dio el bello viaje. Sin ella no hubieras salido del camino.»

Terenci me tomó una mano, sujetándomela con la palma hacia arriba.

—Aquí está escrito que, tarde o temprano, regresarás al puerto al que crees rechazar, y que no es tu Ítaca, sólo una parte del viaje en el que tendrás que detenerte, un mercado fenicio rico en sorpresas. ¿Qué mal hacemos nosotros facilitándote el empujón necesario?

—Sin acertijos. —Pero sabía de qué me hablaba—. Ignoro a qué lugar apuntas y por qué, con mi coma en puntos suspensivos, aplazamos con cualquier motivo el ensamblamiento de mi cuerpo mortal con mi ser astral. Temo para mis adentros, y os lo digo porque sé de sobras lo fácilmente que os adentráis en ellos, que lo de Adonis no sea sino un juego de espejos, una trompa en el ojo, como dicen los franceses.

—¡Adonis! ¡Adonis, el dios de la vegetación, de la puntual renovación de la vida! —emitió Terenci las frases con indisimulado placer—. El rostro semita de Osiris, otro adolescente cuyo perfecto físico fue hecho pedazos y sembrado en la tierra por el bien de las cosechas, de la fertilidad y del disfrute... aunque, para disfrute, Dionisios. Nena, ¿por qué un hombre sensible como nuestro Manuel Puig, a quien personalmente debo el regalo de algunas rarezas cinematográficas cuyo culto compartí con Néstor Almendros, habría de gritar «¡Adonis!» sin ton ni son, y largarse después tan campante? Conociéndome como me conoce, pudo suponer que me abalanzaría sobre el mito.

—Bien. —Intenté calmarme—. Muy bien, ahora eres tú quien duda acerca de la utilidad del Adonis alejandrino. ¿Qué estamos haciendo aquí?

—Como mujer que eres, prosaica te muestras.

Un claxon enloquecido le interrumpió. Al paso de un pequeño autocar, la multitud se apartó.

—Vaya prisas —comentó Manolo—. ¿No es ése un anacronismo, un vehículo propio del último futuro que nosotros conocimos?

Justo cuando me preguntaba cuál era el motivo

de nuestra escala, los recuerdos irrumpían para imponerme mi papel en este capítulo.

—Ahí vamos, Terenci —indiqué—. En ese autocar. Camino de la nueva Biblioteca de Alejandría, con tus libros y parte de tus cenizas —pues fuiste pródigo en el reparto de ti mismo—, dispuestos a darte el lugar que mereces entre tus colegas. Esperemos que ningún fuego destruya el templo literario de hogaño, que ningún imperio codicioso e ignorante provoque su destrucción.

Nos lanzamos detrás del autocar, que aparcó cerca de la entrada de la Biblioteca.

El moderno edificio es amplio y diáfano. A nosotros nos parecía muy grande, porque lo contemplábamos desde el suelo. Como en una secuencia de *Ciudadano Kane*, la ceremonia del homenaje a mi amigo se desarrolló muy por encima del nivel de nuestra mirada, cercana y ajena. Escuchamos a Núria, a Ana, a mí misma, a los amigos y personalidades que nos habíamos reunido en el amplio vestíbulo habilitado para la ocasión.

—Me estoy poniendo sentimental —comentó Terenci—. Vamos a inspeccionar las instalaciones.

Los otros siguieron hablando de él, de su relación con Egipto y con la ciudad.

Nos deslizamos por los pasillos, olfateamos entre los volúmenes, saltamos de ordenador en ordenador, admiramos la techumbre de cristal que daba al Mediterráneo.

—Ay, cuca. Qué inquietante. Y qué desasosiego: compruebo la antropofagia del Tiempo. Mi verdadera biblioteca se hizo cenizas, como yo, como tantos, antes y después de mí. Me gusta ésta, no voy a negarlo. Sin embargo, amo más la idea de que duermo allá abajo, con los restos de tantos naufragios del amor y de la literatura.

Abandonamos el lugar y corrimos hacia la Corniche, para no perdernos la escena que se desarrollaba en el pequeño embarcadero. Ana, Inés, Núria, Xavier, Román, Sergi, Papitu, Juan Ramón, Islam, el cónsul, Quim, Tomás y yo misma: apiñados al borde del mar, sobrecogidos por la unicidad del instante, por el azul atunado de las aguas, plácidas a esa hora —atardecía pero no era el sol de Barcelona al que yo había conjurado al principio de la jornada, era el último sol de Terenci en Alejandría—, y por el canto del muecín que nos acompañó aquellos momentos.

Cuando el trance pasó, y el aire salado por las lágrimas nos erizó el pelaje, Terenci se volvió hacia nosotros.

—Me ha gustado mucho —confesó.

Se lamió la pata derecha y lanzó un maullido. Pues los tres nos habíamos convertido en gatos para disfrutar en común, distintos y distantes, de una de las despedidas más hermosas que pueden depararse a un ser humano.

17

¡Al rico regaliz! ¡Garrapiñadas!

Si ya resulta un delirio desdoblarse, más desconcertante es contemplarse en una escena del pasado, desde la perspectiva gatuna. Allí estábamos, gozando con el perfume de los orines —costas, las de Levante; pero para meadas, Alejandría—, a los que, desde nuestra condición de sardónicos felinos mediterráneos, concedíamos mayor importancia que al grupo de amigos de Terenci —en el que me contaba—, que se disponían a dispersarse, tras la sencilla solemnidad del ritual. Algunas mujeres aprovecharon las horas que faltaban hasta la partida del autocar que les devolvería a El Cairo para ir de compras, los periodistas se instalaron en el bar del Cecil y escribieron sus crónicas, no sin melancolía. Yo —mi yo de hacía dos años escasos— preferí que el cónsul —que no conocía a Terenci pero le respetaba y admiraba— me acompañara en un paseo por la Corniche y me ilustrara con su erudición. Nos sentamos —en esa tarde congelada en mi recuerdo, revivida ahora para el deleite de tres gatos y, no lo olvidemos, los perros de Manolo— en un café tan deteriorado como la ciudad. Un enano nos pidió la comanda. Manejaba diestramente sus enseres. La bandeja más grande que él, de metal gastado; los vasos de cristal en cuyo contenido opalino la menta oscilaba como un caballito de mar atrapado por el azúcar; narguiles que nos preparó agujereando con pericia el papel de aluminio que cubría la cazoleta.

Alejandría, un barco adentrándose en la noche.

De allí partiríamos muy pronto hacia Beirut, pero ahora los taxis, amarillos y negros como los de la ciudad en que nacimos los tres —no tenía ni idea del origen de los perros—, circulaban por la Corniche escupiendo bocinazos y, a nuestra espalda, un lienzo de fachadas con más pasado que futuro se desplegaba como los fuelles de un acordeón. Tapices de vejez, historia y olvido, eran las casas que el cónsul y mi yo anterior no podíamos ver, pero los animales sí. De aquella incursión al reino de los gatos todavía conservo una retorcida querencia por las callejuelas del Oriente más encanallado.

Mientras el cónsul y quien yo fui charlábamos, los otros, como bestias felices e invisibles que éramos, hacíamos de las nuestras entre la clientela, sin miedo a que nos echaran a patadas. Los perros de Manolo no mostraban la menor actitud negativa hacia sus tradicionales enemigos o rivales en el predio de las llamadas mascotas domésticas. Formábamos un sexteto muy bien avenido.

Mientras mi evocación permanecía ensimismada en su conversación con el cónsul, se me pasó por el cerebro la pretensión de buscar un piso y quedarme allí. Es decir, que pensé en tomar semejante decisión en cuanto volviera a la vida.

—¿Así que prefieres ser un gato callejero a convertirte en una señora gorda del Ensanche con perro a juego? —preguntó Terenci.

No hablé, ya me leían el pensamiento. Y quizá también los canes, ahora que me tenían a cuatro patas, pues se daban eufóricos codazos, como si fueran agudos comentaristas de mi peripecia. Escuché a mi otro yo, confesándole al cónsul:

—Qué nostalgia de Oriente... Me basta respirar esta atmósfera unas pocas horas para encontrarme en casa. Un hogar complejo, indomeñable, sin duda. Y eso es lo mejor que ofrece la región. Esta parte del mundo afronta tantas contradicciones... No le da tiempo a uno a dormirse, obliga al extranjero a ponerse en el lugar de los otros, a sabiendas de que nunca lo va a ocupar. Pero la tentativa tiene tanto de aventura, es tan hermosa. La aventura de comprender. Es lo que echo en falta del reporterismo, ahora que la edad y el sistema me han ido alejando de esa parte importante, la espina dorsal de mi profesión.

El cónsul, anclado en esta orilla por vocación personal, sonrió con tolerancia. Juguetona, desde mi otra condición, la de gato, le di un cariñoso lametón en la mano. Distraídamente, se la secó con una servilleta.

—¿Qué me impide recobrar el lugar y el instante, ya que no el propósito? ¿Por qué no elijo...?

No escuché el final de la frase. Recuperado su

humano aspecto, Manolo y Terenci hablaron a dúo:

—Ya vale. El resto es repetitivo. Has escuchado lo suficiente. Pero que sepas que fue aquí, en Alejandría, en donde empezaste a darle vueltas a algo que consumarás cuando regreses.

La pareja que fumaba narguile se desvaneció —¿qué habrá sido del elegante cónsul?— y reaparecimos en la terraza del Pastroudis, en el mediodía alejandrino. A nuestro alrededor la ciudad estaba desierta, como si una alarma aérea hubiera empujado a sus heterogéneos habitantes a esconderse en un refugio subterráneo. Metí las manos en los bolsillos. Vacíos.

—Lucy me advirtió que no me defendiera de las expectativas.

—Eso te lo venimos diciendo nosotros, con palabras y con nuestra actuación, desde el inicio de estos compartidos eventos —señaló Manolo.

—Me intranquiliza esta ciudad. Tengo la sensación de correr por un andén, a punto de saltar a un tren que no ha llegado ni ha sido anunciado, y que se detendrá sólo por unos segundos. Ignoro si me dará tiempo a alcanzar la plataforma, he olvidado el equipaje... He olvidado las maletas.

—Si a estas altura de tu vida todavía desconoces cuál es tu bagaje, cuca —comentó Terenci, con inusitada seriedad—, conviertes en inútiles nuestros esfuerzos. Déjame que hable por ti. San Truman Capote lo explicó muy bien: el don, junto con el látigo. Él se refería a los grandes escritores, es decir, hablaba de él, pero, en mi opinión, la sabiduría que vertió en su prefacio a *Plegarias atendidas* sirve para cualquier ser humano con dos dedos de frente, para cualquiera que conozca el valor del tiempo que transcurre, el valor del conocimiento y de la experiencia, y que intente redondear esa obra siempre a medio escribir que es nuestra existencia.

—Doris Lessing dijo —susurré— que aquellos que estamos dotados para lo imposible tenemos la obligación de, como mínimo, reconocerlo.

—¿Lo ves? *Au,* reina, que se te hace tarde. —Terenci se puso en pie—. Vamos ahora a esa ciudad cuyo simple nombre hace que tu expresión se petrifique, empeñada en no admitir que, por difícil que te resulte retomarla, sólo allí recobrarás tu gratitud por lo generosamente provista que fuiste para lograr lo imposible.

Me levanté también, intentando aparentar desgana. Qué tontería, concluí: mis amigos me conocían mejor que yo. Tuve un arrebato:

—¡Sea, pues! Dirijo yo. Elijo vestuario, medio de transporte, época, etcétera, etcétera. No sé vosotros, pero esta prenda va a agarrarse una cogorza como no se ha visto en el Otro Mundo. Y que le den por culo a Adonis.

—¡Ay, reina! Intuyo que por ahí también iba bien servido, el mancebo. Pues los dioses o semi tales que le despedazaron lo hicieron por un ataque de cuernos, puedes estar segura.

De puerto a puerto, decidí. Siempre he sentido una paralizante nostalgia por la imposible Beirut anterior a sus sueños de grandeza. Hay pueblos predestinados a repetirse desde su nacimiento, pueblos que nacen y mueren, mueren y nacen, que son su abortador y su partera, víctimas y verdugos que se alimentan y eliminan, en perpetua melopea. Cualquier momento de su historia engendra el que vendrá y es fruto del anterior.

Mi idea para el viaje alcanzó a mis amigos antes de que acabara de formularla. Se les iluminó el semblante y, a dúo, se alborozaron:

—¡En *golondrina*! ¡Eres única! ¡Cómo nos va a faltar tu jubilosa inventiva, amiga nuestra!

—Cuando me pongo, me pongo —les atajé—. Examiné unas cuantas en el puerto de Barcelona, pero, a vista de pájaro y mientras hacía el muerto aéreo, ninguna se me antojó adecuada para conducirnos a Beirut. Ésta que se dispone a cobijarnos es de nuestros tiempos, digna de nosotros y de la excursión que emprendemos.

La *María Dolores* ondulaba ante la mirada de nuestra niñez. Era elegante y sencilla, graciosa, el casco estaba pintado de añil y rojo, y los toldillos que medio cubrían el segundo piso, de loneta amarilla, bailoteaban en el perpetuo mediodía con que el sol obsequiaba —gracias a mí— nuestro trayecto.

—No me extraña que los egipcios lo adoraran —murmuré, retando al Supremo con admiración—. De los dioses inventados por el hombre, es el único que permanece y nos acompaña, el único que hace méritos a diario para acreditar su divinidad.

Nos instalamos arriba, como siempre habíamos hecho de niños, en esa versión marinera de los autobuses de dos pisos, típica de nuestra ciudad de origen. Terenci y Manolo se frotaron las manos y produjeron almendras garrapiñadas y botellas de zarzaparrilla.

—¡Quiero regaliz! —exigí, y de inmediato sentí en la boca el volumen y la textura de una barrita churretosa que me supo a gloria y me manchó las manos con su resina negruzca.

Soltamos amarras y navegamos con prudencia, para no darle a ningún imbécil de los que se cruzaban con nosotros en moto acuática, peligroso anacronismo que acecha a quien se atreve a surcar el Mediterráneo sin prestar atención a los detalles de mal gusto.

Y así fue cómo, cantando habaneras —la sensual voz de Manolo nos embobó con un solo de *El meu avi*—, avistamos en la lejanía el puerto y la pequeña ciudad de Beirut, sus casas que centelleaban al sol —albero en las fachadas y tejas de fango color naranja—, como una plácida villa provenzal desprovista de malas intenciones. Aquel puerto, aunque importante, tenía proporciones razonables, y el paseo de los Franceses, destinado a desaparecer bajo una violencia u otra —la guerrera o la especulativa—, se desplegaba como un cinturón desabrochado, colgando del talle de Beirut. Las palmeras que lo ornaban, parejas de esfinges jirafoides en la inmovilidad del aire, se perdían hacia el Oeste.

—Me devora la impaciencia —recité un verso de una canción de Miguel Ríos, pues siempre he sido dada a reconocer la valía del acervo rockero—. ¡Vayamos, corramos, antes de que desaparezca!

Simultáneamente cambié nuestros atuendos. Nos convertimos en jóvenes pero no demasiado, iniciando la treintena, a esa edad en que empezamos a apreciar los descubrimientos y presentimos la nostalgia que su pérdida nos deparará.

—Aquí la gente se arregla mucho —les ilustré—, de modo que estos trajes completos que os he otorgado, de alpaca, quedarán ideales con una corbata y un pañuelo de bolsillo a juego. Así. La camisa también es importante. Ah... ¡y unos gemelos! De oro, venga, que no nos falte de nada.

No saltamos a tierra. Allí, en el segundo piso de la *María Dolores,* cuajé para la historia de lo improbable las imágenes de la ciudad de antaño que adornan mi estudio en Barcelona. Las había adquirido una a una, a lo largo de mis muchos viajes profesionales a Beirut y después, en mis escapadas de vacaciones, la última de las cuales me deparó la decepción de vislumbrar en sus habitantes un esnobismo más exacerbado que de costumbre y una ráfaga de crueldad cotidiana que, por desgracia, me recordó tiempos peores. Fue entonces cuando rechacé la ciudad, creí que para siempre. Mi Beirut era otra, pensaba, la de antes de Caín —si existió—, la de la foto de la plaza de los Mártires, con su gran rectángulo cosmopolita intacto, sus cafés, sus tranvías, sus coches de último modelo. El soñado bullicio de los zocos cercanos.

—Amigos míos, sabed que esta entrada es muy importante para mí. Agarrémonos, saltemos por encima del tiempo, con la fuerza del amor y la amistad.

Nos metimos en la foto. Al principio resultó un poco extraño, pero pronto nos acostumbramos al blanco y negro, y no nos habría importado continuar así, encerrados en una imagen enmarcada en madera de pino, pero rápidamente la ciudad parpadeó y se devolvió a sí misma a la agitación de un día cualquiera de principios de los sesenta.

Un limpiabotas zarrapastroso y sonriente se apresuró a hincarse de rodillas para lustrar por turnos nuestros elegantes zapatos.

—Reclamo derechos de autor —dijo Terenci—. La pequeña Beirut que hemos divisado desde la golondrina es la de otra fotografía, una de principios del siglo veinte, que coloreé para ti durante nuestro último encuentro en mi piso de la calle Muntaner. ¿Lo recuerdas? Había regresado a las artes gráficas en que comencé mi trayecto profesional, y debo decir que lo hice con notable talento, aprovechando todas las bazas que Internet puso a mi alcance, lo mismo para estimular mis fantasías que para crear las portadas de mis libros. Y aquella madrugada hablamos de Beirut, de mi visita en el 67, de lo que la ciudad había sido durante el mandato francés, y de la villa de principios de siglo. Busqué para ti la postal más preciosa, y mejoré el paisaje para ofrecerte la más perfecta visión de la ciudad intacta. Me has hecho un homenaje.

—Cierto —asentí—. Lo de ahora es ya más moderno, la ciudad refleja su desarrollo capitalista, el puerto que divisamos desde esta plaza no es aquel al que arribamos hace unos instantes, ha sido ampliado. El empuje turístico levanta hoteles de lujo extremo, barrios enteros se convierten en escenario de saraos permanentes, entrecruzadas sus calles por el cañamazo de lugares de nocturno esparcimiento cuya clientela se intercambia. La ciudad se libra alegremente a los magnates de la época. Resulta muy virgen todavía, muy ingenua... Se apresta a convivir, esta capital de la frivolidad, con lo más politizado y revolucionario del mundo árabe, semilla de inteligencia que germinó aquí gracias a la apertura con que la prensa reflejaba las opiniones más radicales y contrapuestas, y al extraordinario empuje de las editoriales libreras, las más avanzadas de Oriente Próximo. Si hubo un 68 verdaderamente subversivo fue aquí, en Beirut, al menos en fase de proyecto... y quien acabó con él no fue De Gaulle. Su aniquilación se produjo como un resultado natural de la enajenación que años más tarde acabaría con el Líbano. Imposible que Beirut sea una, su ser se multiplica y superpone, mi visión se hace poliédrica, mis sentimientos hacia ella son extremos, infinitos, confusos... Si me dejáis recorrerla a mi albedrío vamos a formarnos un lío histórico.

—Bien —propuso Manolo—. Centrémonos en

la cogorza. Una borrachera como la que has previsto no requiere de tiquismiquis cronológicos. ¡Mezclemos licores y recuerdos! Conocí Beirut brevemente, el año antes de mi muerte. Esa visita también nos atrapará esta noche. Porque las trompas han de agarrarse de noche.

—Vale, pero dejadme saborear esta hora en la plaza, el ajetreo de paseantes, los reclamos de vendedores de lotería, la agitación del Burj.

Alcé mi mano para saludar a un atildado joven que circulaba entre las mesas, pero pronto comprendí lo inútil de mi esfuerzo, porque era un retoño de mi fantasía al que inventé en un futuro que todavía no existía en aquella etapa de nuestro viaje.

—¿Quién es? —preguntó Terenci.

—Gastón —musité—. Será Gastón, el viejo erudito, personaje de una de mis novelas, que escribí porque me urgía crear vidas beirutíes que aliviaran mi ausencia de esta ciudad.

—Los cuentos que nos contamos —replicó mi amigo, repitiendo la frase que me había lanzado esa misma jornada— no siempre son los mejores, pero son los más necesarios.

—¡Qué tablón voy a agarrar! ¡Qué tablonazo! —me extasié.

18
En curda

—¡Tú tira de su pie derecho que yo tiraré del izquierdo! —ordenó Manolo—. ¡Por los tobillos!

—Reina, ¿es que no sabes beber? ¡Te tomé por curtida reportera! —se asombró Terenci.

—Lo fui —casi hipé—. Mas, como no desconocéis, en la sesentena las mujeres resistimos menos que vosotros. Por eso me he dejado caer, para descansar un rato. ¡Esta desigualdad sí que me zurce!

Pensando en ello, una oleada de rencor ancestral me sublevó, alentado por la humillación que sentía al saberme vestida de novia, y por los suelos.

—¡Uno! ¡Dos...! ¡Y tres! —porfiaron.

Los zapatos se soltaron pero mi cuerpo no les siguió.

—Uf —resoplaron, caídos de culo ellos también, en su caso de espaldas a la cristalera.

Desde mi cómoda postura, les provoqué:

—Ni que estuvierais faenando en un ballenero. Ya sé. ¡Os llamaré Ismaeles!

—Como una cuba —sentenció Manolo, poniéndose de pie.

—¡Piensa en Adonis, reina! ¡En tu secreto! Y

en el tiempo, que se nos acorta —me advirtió el otro.

Me ayudaron a incorporarme. A través del cristal, plantada como una muñeca entre los maniquíes entumecidos, envueltos en tules y rasos dañados para siempre por la guerra, contemplé nuestro reflejo en el cristal y fuera, muy lejana, la noche de la ciudad, su interminable noche. Extrañada de mis compañeros por mis recuerdos y temores, viajé con la mirada hasta la última piedra herida de Beirut. Atravesé ruinas y banderas, retratos de asesinos convertidos en mártires y de mártires tenidos justamente por asesinos, fotografías de responsables y de culpables, cruces y mezquitas, emblemas y patrullas y armas, armas y más armas. Quise obviar la cruel estupidez del decorado guerrero, pero cada representación era sustituida por otra, que desaparecía para dar paso a una suplantación más. Sólo en los agujeros habitaba la memoria, en los túneles del ayer, malamente taponados por fallidas reconstrucciones. Lo que no podía ver: lo único verdadero.

—Me sentía de aquí, yo —les expliqué—. Era de aquí y he negado esta ciudad tanto como la he querido.

—Tomemos un poco de aire —apuntó Terenci—. Demasiadas emociones, incluso para unos muertecitos.

El oleaje que rompía contra las rocas de Manara nos salpicó, despejándonos. Los perros, erguidos en la punta de un espigón natural, recibían el vacilante embate de las aguas con impavidez digna del Otro Mundo. En lo más hondo yacía la pequeña Beyrutis fenicia, que no fue tan importante como Sidón o Tiro. Entre ambas versiones, el puerto comercial del que partían toneles de especias y de púrpura, y la Beirut de hoy, encanallada por su pasado y enfebrecida por el presente, se apretaba una trama de láminas sobrepuestas que supuraban idénticos humores, reflotando experiencias repetidas y lecciones olvidadas: el transversal malestar de una historia sin solventar. Como la mía.

—Va a amanecer —dijo Manolo—. Eso que canta es la alondra.

—Oh, no —rebatí—. Es el ruiseñor. Quedémonos un poquito más en este rompeolas de la indecisión, en esta marejada resacosa que invita al cuerpo a flojear para impedir que la mente se dispare hacia su objetivo último.

—Es la alondra, hostias —intervino Terenci—. Como sigáis citando a Shakespeare a lo tonto va a comparecer el mismísimo Otelo, que murió aquí cerca, en su reino de Chipre.

—Eso sí que no —me incorporé—. Que en este país ya andan bien provistos de Yagos. Larguémonos, pues, si lo deseáis. Ascendamos a la cueva de la que mana la sangre de Adonis, según ancestrales chismes. Suerte que volamos, la carretera es demencial y las barrancas, insondables.

Emprendimos el vuelo, no sin cansancio. No era fatiga física, sino esa melancolía del esfuerzo cuando sabe que se aplica para construir lo más desgarrador que puede ocurrirnos: la despedida. Los tres queríamos —tal vez, no me atrevo a hablar por ellos— dormir. Dormir para olvidar el paso siguiente de nuestro compromiso. Pues me habían conducido hasta el lugar del que partía la única ruta a seguir, la que me separaría de ellos. Y a menudo la conciencia más empecinada pide una tregua para olvidar el éxito que coronará sus designios.

Cuando llegamos a lo alto del monte Musa había amanecido y el sol se aprestaba a rajar los últimos bancos de niebla que medio cubrían el valle del río Ibrahim, antes llamado Adonis. La cascada de la cueva brotaba nítida, azulada, con crestas blancas que salpicaban las llescas de piedra y se fragmentaban para caer como lluvia.

—¿Y la sangre? —preguntó Manolo.

—Es una leyenda. En realidad, son los deslaves de los montes cercanos, la tierra arcillosa que, en primavera, tinta el agua con su tono rojizo. Lo cuenta cualquier guía turística, tenéis que saberlo.

Docta parrafadita que apenas sofocó mi emoción por la proximidad de mis amigos en circunstancia tan especial. ¿Podría llamarla un pacto? Si no con el Diablo, sí con mi futuro. Con mi rumbo futuro.

—De buena gana me metería bajo la cascada —añadí.

—¿Y por qué no? —propusieron, a dúo.

Volvimos a ser niños, chapoteando y gritando en el interior del manantial. El agua surgía de la tierra y manaba hacia el futuro. O hacia la Eternidad, que es igualmente ignota.

Mojados y contentos, nos sentamos en el merendero cercano, cuya terraza se abría a los infinitos montes, al renacido valle. Ajenas a nuestra presencia, un par de mujeres madrugadoras extendían sobre las mesas granos de maíz y de especias para que el sol hiciera su trabajo de sequía. La mañana se tupía con efluvios de comino y de sésamo.

—Reina —habló Terenci, señalando el horizonte con los brazos abiertos—. Todo esto, algún día, será tuyo.

Me eché a reír, ya que su intervención me recordó a mi amigo Lucy.

—Como tentación, no está mal —concedí—. Pero bien sabéis que lo mío es la ciudad. Beirut, esa mala pécora.

Nos quedamos en un silencio que rompí poco después, a mi pesar.

—Marchémonos de aquí. Adonis no tiene la menor intención de ayudarme a volver. Este viaje ha sido muy instructivo, pero sigo en coma.

Mis amigos asintieron, con la contrariedad pintada en sus semblantes.

—No te falta razón —dijo Manolo—. No nos ha enviado ni una maldita señal.

Me picaba la oreja izquierda. Sacudí la cabeza, tratando de alejar lo que me pareció un pertinaz insecto empeñado en asentarse en mi lóbulo como un pendiente. El insecto no cejó en su empeño, más bien cambió de emplazamiento y se montó en mi nariz.

Le di un manotazo, y se alejó, pero no por el susto sino para que lo visualizara mejor.

Era la pluma. La pluma del Ángel Caído, que se agitaba delante de nosotros, desprendiendo su aroma a algodón de azúcar, que se impuso al de las especias y al de la hierba fresca.

La pluma daba vueltas, subía y bajaba, soltaba un polvillo plateado. Reclamaba nuestra atención.

—¡Hostias! —exclamó Terenci—. ¡Es como Campanilla!

Derramó la pluma polvo de ángel sobre nosotros y nos obligó a seguirla.

¿Lucifer, en apuros? ¿Me necesitaba?, fantaseé. Y volé, rauda, detrás del airoso heraldo, encabezando la comitiva.

19
La pluma, por delante

Penetramos en el Retiro por Alfonso XII y enfilamos hacia la rotonda del Ángel Caído, quien no nos prestó la más mínima atención, y eso que como comisión de festejos ofrecíamos un aspecto asaz llamativo para las infernales pupilas. Nuestros canes, que también se habían duchado en las fuentes del Adonis y que, casi de inmediato, habíanse visto forzados a afrontar los ponientes a contrapelo, ofrecían siluetas a cuál más *punkie*. Los hombres, perdido el empaque de sus trajes de alpaca a lo mafioso, parecían un par de beodos mañaneros sin afeitar. En cuanto a mí, no quiero ni pensar cómo me veía en aquellos momentos mi Malvado preferido: olvidé reseñar hace un par de capítulos que mi atuendo para emborracharme en Beirut había consistido en un *barbour* para la lluvia y el viento y unos viejos pantalones que solía usar para ir de reportera audaz, y que permanecían arrumbados en mi armario de Barcelona.

Ningún interés en que Lucy me contemplara en tal tesitura, así que me cambié sobre la marcha, poniéndome el vestido estampado en uno de cuyos bolsillos creía haber guardado para siempre mi diabólica pluma. La susodicha giró la cabeza para asistir a mi cambio de traje, y sonrió con aprobación, guiñándome un ojo. Yo esbocé un gesto de «Qué le vamos a hacer», y un mundo de complicidades femeninas se estableció entre la pluma y yo.

¿Desde cuándo no hablaba con una mujer? El simple pensamiento me llenó de terrenal nostalgia, que reprimí para no ofender a mis amigos muertos. No era hablar por hablar, lo que echaba en falta, sino precisamente ese pasado común, esas vivencias que —imagino que a los hombres les ocurre lo mismo con sus asuntos—, entre mujeres, nos evita iniciar con preámbulos nuestras conversaciones.

Tampoco añoraba las intrascendentes salidas de compras, pues en materia de trapos, con Manolo y, muy especialmente, con Terenci, había obtenido muchas compensaciones tipo pasarela mientras duró nuestro ensueño. Pero sentía un vacío —encontraba a faltar, por usar una catalanada sublime y contradictoria— una de esas conversaciones de mujer-mujer-mujer, y esto no significa supermujer, sino bien al contrario. Una de esas charlas, copa de por medio, que a menudo sostengo, por ejemplo, con Cristina Fernández-Cubas, en las que afloran nuestros presentimientos, nuestras percepciones. Las mujeres somos raras. Y cuando nos comunicamos emerge algo más profundo que lo que suponen quienes nos observan. Asoman las brujas que fuimos, asadas al fuego de leña siglos atrás por poseer conocimientos vedados, se remueven en nosotras rescoldos de aquellas sabias mujeres, consumidas por la hoguera pero no vencidas, pues viven en nosotras.

—Eh, Terenci —golpeé amistosamente su hombro—. ¿Te he dicho que, al poco de morirte, Cristina te vio en sueños, en tu propio funeral, haciendo cola delante de ella para despedirte del féretro? Me lo comunicó en seguida: «No te preocupes. Sonreía, se le veía feliz». Fue un consuelo.

—No me lo habías contado pero te lo leí en las meninges. Es un pensamiento que tienes alojado en la cavidad simpática del cerebro.

—¿Existe?

—Si no, debería. La cavidad simpática nos hace mucha falta.

—Más bien la empática —intervino Manolo, que planeaba a mi otro lado—. No basta con ponerse metafóricamente en el lugar del otro. Existe un reto muy superior: ser el otro, con todas las consecuencias. Para no deshumanizarle ni perseguirle.

—Bueno —opiné—, hay otros y otros.

—Si el don de empatizar estuviera repartido equitativamente, el otro también sería nosotros, y ello nos facilitaría la convivencia.

Ay, Dios. Cuando regresara a mi ser, Allá Abajo, ¿recordaría tan necesarias reflexiones? ¿Pondría en práctica las lecciones aprendidas?

Antes de que pudiera responderme, irrumpimos en el guirigay del paseo de Coches, a lo largo del cual, como una cuerda interminable de lectores y lecturas, de escritores y escrituras, de libros y casetas, de hojas de libros y hojas de hierba, se desenrollaba la Feria del Libro de Madrid.

Nos detuvimos en seco, suspendidos en el aire de la mañana de sábado madrileña, como si la emoción formara un muro que no nos atrevíamos a franquear, temiendo ser engullidos por tantas historias como tenían lugar al otro lado. ¿No es sino ése el miedo del escritor? ¿Que su criatura desaparezca, víctima de la fugacidad, de la desidia o de la mala suerte? ¿No es la parte del látigo que peor llevamos? La vanidad tiene su peso, pero ahora no hablo del autor, de mí. Me refiero a los personajes a quienes alentamos y que, en un lugar tan hermoso, en una feria libresca al aire libre, quizá se sientan desamparados, rostros entre la multitud de rostros, ficciones desconcertadas entre el mar de invenciones. «Oh, dioses», declamé ante el umbral de la Exposición Más Íntima —que eso es la venta de un libro fermentado en las entrañas—, «lo hice lo mejor que pude, no castiguéis a mis hijos por mis mediocridades, mis carencias, mis limitaciones.»

—Cuca. —Terenci me apretó la mano—. Solía decirte lo que un sabio ya nos advirtió: no todos podemos construir catedrales, algunos fabricamos mesas. Preocúpate de que la mesa sea sólida, firme y armónica, y de que sirva para su uso. Y en cuanto a cómo ha de ser una novela, desde que nació el género se han dado suficientes variantes como para no animarnos a incurrir en semejante pedantería. Tú tira p'adelante.

Y no se refería al momento aquel.

La pluma pataleó en el aire.

—Clavada a Campanilla, pero con un punto Teleñecos —comentó Terenci.

Señaló insistentemente hacia delante, la pluma.

—Nos toca volar un poco más —deduje.

—Preferiríamos andar —dijeron—, curiosear de caseta en caseta. Penetrar lentamente en el mundo de los vivos.

—¡Ni hablar del peluquín! —me negué—. Antes hemos de solucionar lo mío. Y tengo la certeza de que la pluma nos dirige hacia un grato final. Es la enviada de Lucy, no desdeñemos su influencia.

De repente la perdí de vista.

—¿Dónde se ha metido?

Una nubecilla de polvo de ángel nos indicó su localización.

—¡*Collons*, un ordenador último modelo! —se encandiló Terenci.

Pues de allí provenían las señales, del interior de una carpa en donde una docena de computadoras de generación Alfa que te quiero Alfa ofrecían sus servicios a los jóvenes que visitaban la Feria. En la carpa contigua, un cartel anunciaba para esa tarde una conferencia titulada «¿Sobrevivirá el libro en la Era Cibernáutica?».

Nuestra pluma, encaramada encima de una de las centelleantes pantallas, nos conminaba con impacientes ademanes.

—Dejadme a mí —propuse.

Terenci se sentó a mi lado.

—¿Qué vas a hacer, *mujera*?

—Lo que cualquier persona con dos dedos de frente haría en mi lugar.

Busqué la página de Google, tecleé Adonis, y pocos segundos después se desplegó ante mis ojos una lista que contenía páginas relacionadas con tal nombre.

La pluma me contempló rascándose la barbilla, como si considerara con cierta desconfianza mis capacidades para arribar a una conclusión sensata por mí misma. Me recordó a su propietario o Ser Supremo Caído, de cuya ala procedía, cual Adán de la costilla del Contrario, pero en agradable.

Cuando descubrí lo que buscaba di a parar con mis huesos en el suelo, y mis amigos tuvieron que reincorporarme. La pluma me dio aire, y he de decir que, para lo chiquitina que era, me abanicó con tal entusiasmo —de nuevo me recordó a su apuesto Jefe— que recuperé de inmediato mis facultades.

—¡Qué tontos hemos sido! ¡Qué tontos y qué suficientes, enredándonos con el puto dios Adonis!

Terenci también se había dado cuenta y prorrumpía en carcajadas que hacían temblar la carpa. Manolo, que no atendía a la pantalla, se alteró:

—¿Qué os pasa? ¿Hemos olvidado algo? ¿Tenemos que volver a los lugares de nuestro último viaje? ¿Nos hemos equivocado y era Adonis el poeta sirio, tal como en principio intuí?

Con lágrimas de risa en los ojos, Terenci y yo le tranquilizamos:

—No te preocupes, Manolo. Lee.

Se apuntaló las no existentes gafas y fijó la mirada en la pantalla. Terenci, precavido, le acercó una silla que, efectivamente, recibió su cuerpo cuando se desplomó por la impresión.

—¡Joder! ¡Qué plancha, la nuestra!

Allá, centelleando con estrellitas y burbujitas y toda clase de reclamos, y precedida por una advertencia («Ésta no es una web para menores de edad»), refulgía el siguiente anuncio: «En pleno centro de Madrid, cerca de los museos y otros templos de la cultura, la sauna Adonis le ofrece mancebos bien dotados y egresados de las mejores universidades, para servicios muy personales».

La pluma se tendió en mi hombro izquierdo, relajada por fin, y también riéndose lo suyo.

20
La siesta del Diablo

La sauna Adonis era un local de lujo, situado en un pasaje discreto y arbolado, perpendicular al paseo del Prado, a poca distancia de los museos y del parque del Retiro. Según Manuel Puig —que nos aguardaba, impaciente—, se trataba de un establecimiento muy frecuentado por trabajadores de la cultura, exhaustos al final de sus jornadas y deseosos de olvidar, pongamos por caso, la delicada luz de Vermeer, en los brazos fortachones de un buen mozo, a ser posible parco en expresiones.

—No siempre es la mudez requerimiento indispensable —precisó Puig—. Otros clientes exigen cháchara, cuanto más banal, mejor. Eso le ocurre al colega que me trajo aquí, Abelardo, un chico que murió a lo grande, en accidente de Concorde. Le dio tiempo a brindar con champán francés. Bien, fue Abelardo quien me puso en la pista de nuestro hombre, es decir, del ex novio de tu amiga.

—¿Ex novio? ¿Lo han dejado correr? —pregunté, tontamente desolada, y en contra de mis propios intereses: siempre produce pena el final de un romance.

—Le plantó ella, por latero. Según Abelardo, el muchacho hablaba como una de las pitucas de mis novelas, sin parar. Le contó que su *mina* le había abandonado por eso, la piba no aguantaba su conversación en tiempo real, ya sabés: «Me desperté, me levanté, me duché, me peiné, me afeité, me masajée con aftershave, desayuné, cagué, me puse la colonia que vós me regalaste...». Mi amigo añadió que el pobre puto andaba furioso porque la chica se pasaba el rato distraída, obsesionada por la grave enfermedad de una mujer cercana a ella.

—Cuando te saludamos —preguntó Manolo—, ¿ibas a la sauna?

—Sí, claro. A mí también me chiflan los diálogos aparentemente simples, a menudo esconden tragedias inesperadas: quería conocer al tal, que por cierto se llama Patricio. Vosotros me contasteis el problema y comprendí que el azar había puesto su resolución a mi alcance. Y, en efecto, es él, ¡Patricio es vuestro hombre! Me lo ha confesado en una sesión eterna. ¿Queréis conocerle?

—Yo no —la sola posibilidad me hizo retroceder físicamente.

—¿Por qué? —preguntaron los tres hombres y los tres perros, o eso me pareció.

—Siento una especial debilidad por los argentinos —confesé—, aunque hablen demasiado entre polvo y polvo. Y mi sexo ya no es de este mundo, al menos en lo que se refiere al Cono Sur. ¡Sólo me faltaría tener un lío con un ex novio de Paula!

—Brava, la niña.

Puig le sonrió a Manolo, pero fue Terenci quien le contestó:

—Ha conocido en el parque a alguien que no le perdonaría semejante desliz.

Abandonamos la sauna tan deprisa como pudimos, tras agradecerle a Manuel Puig su inapreciable gestión.

La pluma del Diablo nos esperaba en la puerta. Nos acompañó hasta el parque y allí, después de frotarse cariñosamente contra mi nariz, elevó su vuelo y se perdió en el aire.

En la Feria del Libro, en pleno paseo de Coches, nos encarnamos en humanos, adoptando personalidades múltiples y simultáneas: escritores firmantes, lectores, paseantes y boicoteadores. Aprovechando nuestra invisibilidad buscamos, para empezar, las casetas de los fachas y de los homófobos, y los perros se mearon en ellas cual si fueran el príncipe de Hannover. Acto seguido nos dirigimos a los puestos de signo contrario y compramos de todo. Es increíble lo que puede conseguir el Paraíso: vaciamos las estanterías de nuestros libreros predilectos, de aquellos que aún resisten el empuje de las grandes superficies, y dejamos al personal contento y con la caja rebosante de —ya puestos— doblones de oro como los que usan los personajes de Pérez Reverte, por no remontarme al Siglo de Oro original. Teníamos en mente a nuestro amigo Miguel Hernández, no el poeta —que forma parte de la sangre—, sino el hombre que, en la Antonio Machado —otro poeta abducido por nuestros glóbulos rojos—, cercana a la sede de la Sociedad de Autores, nos aconsejaba y recomendaba libros ignotos, y cuya charla tanto recuerdo, ahora que se ha retirado a disfrutar por fin de la lectura en la tranquilidad de su hogar.

Porque cómo apreciamos a quienes ampliaron las anchas alamedas librescas.

Tantas travesuras invisibles nos agotaron, y acabamos tumbados en el césped, con los perros, jadeantes y rendidos, desparramados a nuestros pies.

Fue entonces cuando supimos, como únicamente quienes han vivido muchos finales saben comprender, que la separación llamaba a nuestra puerta. No vernos, no tocarnos, no volar, no jugar, no abrazarnos. Nunca jamás.

—¿Y si Paula, contra lo que suponemos, ha descubierto el testamento? —murmuré.

—Lo sabrás en cuanto despiertes —dijo Manolo.

Terenci completó:

—«Pero siempre recordaremos el esplendor en la hierba y la gloria en las flores.» Cito de memoria, y de memoria muerta, como es natural.

De tal esplendor y anticipada añoranza gozábamos. A finales de la primavera, en el Retiro. Rendidos, felices, tristes, colmados y mutilados a un tiempo, amados y soñados. Amistosos.

—Nunca os olvidaré.

—Lo sabemos —retomaron su dúo estereofónico, que ahora me encantaba, que en el futuro iba a añorar—. Perdurar en la memoria de quienes nos aman es la mejor forma de paraíso que se puede concebir.

—Ya quisiera yo ser recordada como vosotros —y lo decía muy en serio.

—Disfrutemos del momento —propuso Manolo—. De nuestra última conversación.

—¡Nunca me dejaréis! Seguiré poniéndote en el DVD películas de faraones —prometí a Terenci—. Y en cuanto a ti, Manolo, continuaré comprando bacalao en la Boquería, en la parada que frecuentabas, y a la que acompañaba a mi madre cuando era niña y el bacalao era la proteína al alcance de los pobres. La dueña también se acuerda de ti, amigo mío. Os leeré continuamente, ¡visitaré Egipto! Si me quedo en Beirut, desde allí no saldrá muy caro. Memorizaré tus poemas, Manolo... «No vuelven ni el tiempo ni las naves.» No, ese verso tuyo inesperado resulta en este momento demasiado triste.

—La poesía, en general, es triste o no es. No llores. —Manolo me tomó de la mano—. Consuélate. Nos dejas con el Barrio y con mis perros. Es tu regalo. Antes no lo teníamos.

—¿Como París en *Casablanca*?

—Sí —otra vez los dos—. Manido recurso para una despedida, pues ha sido utilizado por numerosos imbéciles y algún que otro sabio. Mas como colofón, resulta insuperable.

—¡Siempre nos quedará nuestro Barrio! —suspiré.

—Tengo una idea. —A Manolo se le alumbró la mente, allá en el interior de su cabeza, rivalizando con el mediodía madrileño—. ¿Preparo un almuerzo de hasta la vista?

—Vale, pero elige tú el menú. —Abracé a Terenci, para inmovilizarle—. No permitas que éste nos atosigue con sus percebes.

En un santiamén, Manolo se puso a los fogones, y nosotros, extasiados, contemplamos su cuidadosa selección de materias primas, las verduras con las que iba a preparar el último arroz.

Terenci y yo cubrimos la mesa con un mantel blanco, distribuimos los platos y los cubiertos, canturreando. Manolo abrió una botella de Tattinger y se nos acercó, sujetando tres copas en la otra mano. Brindamos allí, en nuestro picnic varado en la Eternidad, rodeados de casetas repletas de libros, del bullicio de los paseantes, de las exclamaciones de entusiasmo en que, ocasionalmente, algún viandante prorrumpía al reconocer a un autor o al permitirse la adquisición de un ansiado título.

Después de comer, nos tumbamos a hacer la siesta. Abrazados los seis, mis dos amigos y los perros: rodeándome, protegiéndome.

—Que tengas felices sueños al despertar —murmuró Terenci, después de besarme en la frente.

—¡Y le haremos un diez por ciento de descuento! —añadió Manolo.

—¿Diez por ciento de descuento? —levanté la cabeza del mostrador.

Me cegó la luz de la tarde.

—Como todos los años... —aclaró una voz de mujer, a mi lado—. Hija, menudo susto.

—¡Mira que elegir un verso del poema que escribió cuando la inauguración del Drugstore! —exclamé.

—Todavía está medio ida —dijo la misma voz.

—Es que hace demasiado calor —sugirió Paula.

¿Paula?

—¿Qué haces aquí? —pregunté.

Vestida con un alegre traje floreado, Paula me daba aire con uno de esos abanicos de papel que reparten en la Feria. Entre ella y yo un mostrador lleno de libros; unos cuantos eran míos. Tenía abierto por las primeras páginas un ejemplar del último que había escrito.

—¿He vuelto del coma?

—¿Qué coma? —preguntó Paula.

—Pregunta si quiere que le escriba la dedicatoria con comas —comentó una de las mujeres que hacían cola detrás de mi amiga—. Qué considerada es ella, no como otros.

Un murmullo de aprobación se elevó entre le veintena de personas que parecían esperar algo de mí.

—¿Me firmas o qué? Te has echado una siesta en mitad de la faena, y la gente aquí, aguantando. Tienes unos lectores que no te los mereces.

Sujeté a Paula por las muñecas.

—¿Qué me ha ocurrido? ¿Me he desmayado?

Negó:

—Te has quedado dormida. Suerte de ti. Te

hemos dejado que descansaras un poco. Quienes vamos a desmayarnos somos nosotros si tardas mucho. Al menos tú estás resguardada. Anda, fírmame, que la gente ya ha esperado bastante. Y dime, ¿he hecho bien en comprar el María Moliner en CD? Me gusta más en libro, pero esto es más cómodo.

Al besarla le di recuerdos para sus padres.

Desde mi caseta divisaba la estatua del Ángel Caído.

FIN

Barcelona, 2004 — Beirut, 2008